El año del cerdo

# El año del cerdo

Francisco García González

ALEXANDRIA
LIBRARY
PUBLISHING HOUSE
MIAMI

Foto del autor: David Hoyos

Cubierta: Foto tomada por Manuel Piña.

www.alexlib.com

# ÍNDICE

PRIMERA PARTE


LA SOMBRA DEL ARCOÍRIS

# CANICAS

Jorge y yo éramos pobres.

Todos los niños que conocía eran pobres. En la escuela. En los otros barrios. Todo estaba lleno de niños pobres.

Los adultos también eran pobres.

Estábamos de vacaciones.

Desperté una mañana. Había estado soñando con dinosaurios. Los había visto en una película hacía poco. Unos bichos horribles que se querían comer a mi abuela. Desperté aterrado en medio de la madrugada. Sabía que si llamaba a mi madre no vendría. No sé qué tiempo estuve mirándolos moverse por las manchas de las goteras.

Me levanté y fui a buscar a Jorge.

Toqué la puerta y nadie me abrió. Me senté en el portal a esperar que saliera.

Los viejos pasaban, escupían en la acera.

Las mujeres caminaban apuradas.

Al rato salió Jorge.

En su casa no había nadie, sus hermanos se habían ido a trabajar y su madre estaba haciendo mandados.

—Te voy a enseñar un secreto —dijo.

Metió la mitad de su cuerpo debajo de su cama y sacó un tambor de juguete.

Nos sentamos en el suelo.

Jorge puso el tambor entre los dos.

—Cógele el peso.

Lo levanté. Era un tambor mediano.

—Cómo pesa. ¿Qué tiene adentro?

Me quitó el tambor, lo volvió a poner en el suelo, metió la mano en el agujero que había en la piel y sacó un puñado de bolas.

—Tengo novecientas bolas. Cuando llegue a mil, las voy a vender —explicó en el tono en que hablaban los adultos—. Estoy reuniendo pa' comprarme un par de botines.

Meneó el tambor. Las bolas sonaron apretadas. Vidrio contra vidrio.

Jorge era pobre, pero era propietario de novecientas bolas y quería comprarse un par de botines.

—Los botines visten cantidá —dije, aunque no me gustaban. Si hubiera tenido dinero me hubiera comprado una escopeta de perles o unas patas de rana y una careta.

El hermano de Jorge tenía una escopeta de perles que no se la prestaba a nadie.

—Con un pantalón campana —remató, y yo le di la razón.

Admiraba el hecho de que dispusiera de tantas bolas, cosa que yo no alcanzaría ni en diez años.

Odiaba jugar a las bolas. Cuando vinieran los juguetes quería comprarme un saxofón y un juego de explorador, nada de bolas.

—Quieres contarlas —preguntó.

—No, contar bolas es aburrido.

—¿Te imaginas un tambor lleno de dinero?

No me imaginaba un tambor lleno de dinero.

—Me compraría dos pares de botines y llevaría a to'as las niñas de la cuadra a La'bana a tomar helados.

Siempre envidiaba los deseos de Jorge.

—Ninguna de las niñas que conozco ha ido a La'bana a tomar helados —dije.

Agitó el tambor.

Las bolas sonaron como metidas dentro de una inmensa maraca.

—Aquí la gente va a La'bana a los hospitales y ya —dijo y metió la mano dentro del tambor y sacó otra vez un puñado de bolas.

—Leí en una Bohemia que a las bolas les dicen canicas en Argentina y Uruguay —le conté.

Jorge rio.

—Canicas suena a una enfermedad.

También reí.

—Maricela tiene tremendas canicas —dije.

—¿Qué Maricela?

—La tetona de sexto B, pa'mí canica suena a tetas grandes.

—Tremendo par de canicas —repitió Jorge.

A los dos nos gustaba Maricela. Que fuera mayor que nosotros y que tuviera las tetas grandes nos fascinaba.

A veces le escribía cartas en las últimas hojas de las libretas, aunque nunca se las daba. El primer sentimiento que me provocaban las niñas lindas era temor. Me parecían demasiado perfectas y no sabía por qué, pero les temía.

—Dime cuántas pajas te has bota'o a cuenta de las canicas de Maricela.

Lo de las canicas había pegado.

—Ninguna —mentí.

—Ni yo tampoco.

Reímos.

Antes de guardar el tambor Jorge sacó veintidós bolas. Once para cada uno. Diez bolas más un tiro. Mi tiro parecía tener un animal embalsamado dentro.

Era una linda y resplandeciente bola.

Jorge se metió sus bolas en el bolsillo.

—Vámonos pa'l Hueco a jugar.

Jorge me estaba invitando a ir a otro barrio a jugar bolas.

Era lo último que esperaba de él.

—Sabes que no soy bueno.

—No seas gallina, no eres tan malo ná, lo que pasa es no te pones pa'l juego y por eso pierdes.

Prefería quedarme en casa de alguno de los vecinos que tenía televisor viendo la programación de verano. Pero el hecho de haberme llamado gallina hizo que no insistiera. Nada era más importante que demostrarle que no era ningún gallina. Además, su invitación y su confianza para ayudarlo a llegar a las mil bolas me tocaron el amor propio. Y qué es un niño sin amor propio: un chama sufrido. Lo que nadie desea ser cuando no ha crecido.

—Si pierdes, no tienes que devolverme ná.

—Está bien, me voy a poner pa'l juego.

—Eso sí, el tiro no se juega. Me da mala suerte perder los tiros y ese me cuadra con cojones.

—El tiro no entra.

—Seguro, engancha ahí —dijo y nos enganchamos los dedos índices en señal de un juramento que no podía romperse.

Un pacto de caballeros. Me alegraba porque, por alguna razón, Jorge que era mi opuesto, prefería mi amistad.

Nos fuimos a la cocina y vi como Jorge desayunaba.

Mojaba el pan en un vaso de café. Era asqueroso. Luego se comió un plátano y salimos.

Jorge ni tomaba leche ni se lavaba los dientes.

Salimos por el patio, bordeamos los cañaverales y enfilamos hacia El Hueco.

Los dos íbamos descalzos.

Caminábamos y hacía calor.

No corría aire.

Las espigas de las cañas estaban quietas.

Llegamos a El Hueco.

En una de las cuadras que moría en el patio de la escuela, los niños jugaban a las bolas. En parejas o en tríos.

Se acercaron dos.

—¿Quieren jugar con nosotros? —nos preguntó un negro que también andaba en *short* y descalzo.

—Dale —dijo Jorge y se fue con el otro.

El negro y yo nos quedamos frente a frente.

Conocíamos al retador, jugaba la tercera base en el equipo municipal de su categoría. Su cuerpo era fibroso y tenía las tetillas hinchadas.

—Escoge al quimbe pela'o o al quimbe y cuarta —propuso.

Miré sus manos grandes, más que las mías y las de Jorge, y así y todo preferí el quimbe y cuarta.

—Enséñame tu tiro.

Miré a Jorge que había comenzado a jugar cerca de nosotros.

Sentí un miedo atroz de darle el tiro y que se quedara con él o echara a correr.

Intenté disimular que estaba relajado y se lo puse en la mano. Le dio vueltas, se lo acercó al ojo.

Mi corazón empezó a latir sin control.

Justo en el momento en que pensé echaría a correr, me devolvió la bola sagrada.

—¿Te la juegas también?

—No, el tiro no.

Aceptó y lanzó al aire una moneda de cinco centavos.

Pedí escudo.

El negro retiró su mano y vi la estrella solitaria encima de su palma.

Puse mi tiro en la distancia convenida y el negro tiró el suyo, una bola blanca con betas de colores, y pasó muy cerca del mío.

En el juego del quimbe y cuarta si no le das a la bola enemiga, debes quedar lo suficientemente cerca de ella como para extender la palma de la mano y tocar ambas bolas con la punta del dedo gordo y cualquiera de los otros cuatro.

Su tiro quedó como a dos metros. Medí bien y lancé el mío. Resultado: mi mano tocó ambas bolas con los dedos extendidos.

El negro chifló y me lanzó una bola descascarada como pago.

En lugar de reclamarle una en mejor estado, me la guardé en el bolsillo.

Me tocó tirar, lo hice, fallé, el negro también falló y en mi segundo disparo volví a ganar. Miré a Jorge, pero este estaba demasiado concentrado en su juego.

Esta vez mi rival me pagó con una bola de metal.

Lo miré.

—Esa bola me la gané jugando, ¿qué tú quieres?

"Quiero que me des una bola de verdá y no esta mierda", me dije, y en lugar de abrir la boca, me guardé el boliche de metal como había hecho con la anterior.

Después comencé a perder.

Una a una las bolas que hasta hacía un rato estaban guardadas dentro del tambor.

Intenté buscar apoyo en Jorge que seguía metido en su juego.

Ahora jugaba con otro. Noté su abultado bolsillo y no tuve dudas: estaba en racha.

Igual que mi contrincante.

Busqué concentración y nada. El negro siempre me arrollaba. En una de las veces en que su tiro hizo impacto en el mío, le devolví el boliche de metal.

Empezó a reírse. Su risa era una mueca desagradable, burlona.

Luego arrojó el boliche lejos, hacia el patio vacío de la escuela.

Regresamos al juego. Para ese momento había perdido toda mi concentración. Mentalmente me consolaba pensando en que el negro y yo éramos karatecas enzarzados en un duelo en el que le llevaba ventaja, una increíble ventaja.

Eso era en el combate imaginario a vida o muerte.

En el duelo verdadero continuaba perdiendo.

Aún así volví a ganar en dos ocasiones.

La segunda vez mi rival me volvió a dar otra bola martillada.

Esta vez protesté, y el negro me encaró.

—Me sale de los cojones —dijo, y comprendí que hacía rato había medido mi cobardía.

Me alegré de que Jorge no escuchara de tan metido que estaba en lo suyo.

En mi duelo imaginario, lo derribé de una patada en el mentón.

Seguimos jugando.

El sol se levantó aún más.

La calle nos quemaba los pies. Los niños se castigaban bajo el sol.

La mañana parecía animada.

Las bolas pasaban de un bolsillo a otro.

Jorge seguía en racha.

Nada más me quedaba una bola.

Le tocó el turno al negro. En mi otro duelo ahora le zurraba el lomo con una vara de majagua. La sangre comenzaba a brotarle. Tomó puntería, echó su cuerpo hacia adelante y mi tiro recibió el impacto de su bola.

—Dame lo mío —dijo, y le pagué con mi última bola.

Sus dientes eran blancos y recios.

Seguía dándole varazos en la espalda.

—Juégate el tiro.

—No, el tiro no se juega.

—Entonces pídele más bolas al que vino contigo.

En ese instante sentí un gran odio hacia el negro.

—Ya casi me tengo que ir —mentí. Su espalda era un amasijo, la saña con la que lo golpeaba no paraba en mi mente.

Jorge jugaba al hoyo, y al vernos, vino hacia nosotros.

—¿Quieres jugar al hoyo conmigo? —le preguntó y el negro meneó la cabeza.

La calidad de Jorge como jugador era bastante conocida en El Hueco.

—No, me paso, pero ven mañana pa'que tú veas —dijo disimulando su temor y desapareció con mis bolas en sus bolsillos y la espalda ensangrentada.

El negro había escrito su nombre en la lista de los que algún día me las pagarían.

—No te jugaste el tiro, ¿verdá?

Le enseñé el tiro y me senté en el contén de la acera a ver a Jorge jugar.

Volví a patear al negro. Esta vez en medio de su cuello. La sangre brotó de su boca, se tambaleó y cayó de bruces. Siempre quedaba ese tipo de consuelo. Ese y el de su nombre en mi lista.

—Dime, Ruso, ¿qué volaita?

Junto a mí en el contén, estaba sentado Secundino.

Secundino era dos años mayor y ya exhibía sus dientes cariados.

—Aquí, esperando a Jorge.

—Yo no juego a las bolas, eso es cosa de fiñes.

Le di la razón. El de las bolas era un juego estúpido.

—Lo mío es jugar pelota y ver películas.

Esto último me sorprendió, jamás había visto a Secundino en las matinés, ni siquiera para ver las de Ichi, el samurái ciego, que tanto nos gustaban.

Quise saber qué clase de películas veía.

—De acción, de carne y hueso —dijo con un dejo de misterio y picardía, como si en lugar de un niño con los dientes arruinados se tratara de un adulto experimentado.

—Ya sé, de pistoleros y tiroteo.

Secundino se echó a reír.

—Si tengo suerte, ahora mismo me voy a echar una.

Seguí sin comprender, aunque sus palabras tenían un dejo de tentación.

—Si quieres saber, hazme la media. A lo mejor tenemos suerte, mi cine es aquí cerquita.

—¿Tu cine?

Le dije a Jorge que si me demoraba, no me esperara, luego iría por su casa.

Siguió jugando.

Nos fuimos.

Secundino y yo.

Llegamos a unas casas cuya parte trasera daban a una nave de tractores abandonada. Ninguno de los dos había hablado durante el camino.

—Ahí vive Tirso el cojo —dijo señalando a uno de los patios.

—¿Y?

—Tenemos que cruzar el patio sin que nadie nos vea y tú vas a ver.

Atravesamos la nave.

El patio de Tirso estaba desierto, lleno de trastos y basura bajo las matas de aguacate. Tampoco había nadie en los otros patios, solo tendederas de ropa.

Cruzamos la cerca. Tirso era un cojo alcohólico que ni tenía perros ni criaba gallinas.

Secundino iba delante.

Avanzamos sigilosos. Llegamos hasta la parte trasera de la casa.

Secundino se acercó a la ventana cerrada y puso su ojo en una rendija. Vi su nuez de Adán bajar y subir, sus manos se aferraron al borde de la ventana.

Me pegué a su espalda ansioso, sin tener aún idea de lo que sucedía adentro. Solamente el hecho de estar haciendo algo prohibido disparaba mi excitación.

De pronto Secundino se separó de la ventana.

—Vete, mejor no mires —dijo en un susurro.

Lo separé de la pared. Intentó impedírmelo sin éxito. Puse mi ojo en la ranura.

Tirso estaba echado desnudo encima del catre, su pierna poliomielítica estaba tan tiesa como su pene.

En la mano tenía un cinturón doblado.

Cerca del catre, en la semioscuridad del cuarto, había una mujer desnuda de espaldas. Pude ver su lomo y su culo blancos.

—¡Baila, muñequita! ¡Baila, muñequita!

La mujer empezó a menearse con torpeza. Miré bien, reconocí sus gestos.

Secundino me apartó de la ventana de un tirón.

—¿Qué viste?

Quise volver a mirar.

—¡Baila, muñequita! —otra vez la voz de Tirso.

—No tienes que volver a mirar. Es ella…

Entonces escuché el trallazo y seguido su grito.

Salí corriendo, volé la cerca.

Secundino venía detrás.

Solo oía mi respiración sofocada.

Me alcanzó dentro de la nave.

—Ruso… yo no sabía ná asere, te lo juro por mi pura. Por casa de Tirso pasa medio pueblo, hasta tipos casaos y tó.

—No se lo puedes decir a nadie.

—Coño, Ruso, no me digas eso, yo no soy un mierda, yo soy un hombre.

No confiaba en él, podía imaginármelo haciéndole el cuento a todo el mundo: adivina quién estaba metí 'a con Tirso en su cuarto. Quise asegurarme de su silencio. Saqué el tiro y se lo di. Secundino no jugaba bolas, pero tenía hermanos pequeños.

—Te lo regalo si me juras que no se lo vas a decir a nadie.

Cerró su mano con la bola dentro.

—Está bien, Ruso.

—Engancha.

Nos enganchamos los dedos índices. El juramento y todo eso.

Regresé adonde estaba Jorge. Me senté en el contén de la acera.

Jorge seguía en racha.

No quería irme a casa, ni después del juego ni nunca. Era muy triste. Pensé en cómo le iba a explicar a Jorge lo del tiro y la ruptura del juramento sin contarle la verdad. Luego me miré los pies sucios, las pequeñas heridas por donde, según los adultos y los libros de texto, le entraban los gusanos al cuerpo.

# NO ME OLVIDES

—¿Qué tú haces aquí, chama? —preguntó Osmani, no a Mengesha, el etíope que balanceaba el tronco mirando hacia adelante.

No respondí.

—La verdad, no lo que dijo el doctor en la terapia.

—Eso mismo, nada más.

Mengesha se paró y Osmani lo haló hacia abajo.

—¡Siéntate, negro!

—¡Presidente! ¡Mengistu, presidente! —gritó Mengesha.

El etíope llevaba una semana en la sala. En la carrera cuesta abajo, llegábamos a un punto que nos llevaba directamente al hospital. Mengesha era estudiante, casi un niño. En medio de la travesía del golfo de Batabanó rumbo a Isla de Pinos, le sobrevino un ataque y se lanzó al mar. De milagro estaba vivo. Lo único claro en su cabeza era que Mengistu Haile Mariam era el presidente de Etiopía y que Haile Selassie, el emperador, era un hijo de puta. Eso a su edad es muy triste.

—Tuvo que haberte dado muy duro, llegar aquí no es fácil.

Tenía razón. No salté al agua ni busqué otra salida, solo me quedé inmóvil cuando se suponía que debía ir hacia adelante.

A veces no moverse es un suicidio.

Mengesha volvió a ponerse de pie.

—¡Pinga! Siéntate o a traigo Haile Selassie —amenazó Osmani halándolo otra vez.

Palabras mágicas. El etíope abrió los ojos y se estuvo quieto.

—Si te vuelves a parar, te amarro en tu cama y te lo vas a perder.

Estábamos sentados en el jardín, a las tres y cuarenta y cinco de la tarde, Mengesha y yo traídos por Osmani. Había algo que deseaba mostrarnos.

—Si no me quieres contar, está bien —era una idea fija en Osmani.

—Lo que dijo el doctor, me sentía mal… barrenillos de esos que él dice…

—A ti te falta mucha calle todavía, pero tienes tremenda mente, tuvo que haber otra cosa.

—Me sentía mal… el puro mío es alcohólico…

—El mío también, y por eso, nadie se tuesta.

El asedio de Osmani no me molestaba, mientras los médicos se conformaban con anotar en la historia clínica, quizás porque ya lo habían visto todo, él sentía pasión por los detalles.

Hacía calor, me quité las chancletas y me subí el pijama encima de las rodillas.

—Me cuadra que seas misterioso.

—¿Dónde están los tipos más locos? —cambié de tema.

—En la sala José Martí, allí dan más *electroshock* que comida.

—Según Machado de Assis, en la calle.

Me miró extrañado.

— ¿De qué coño tú hablas,? yo al único Machado que conozco es uno que vende alcohol en mi cuadra.

Mengesha se agitó, repitió el nombre de Mengistu Haile Mariam y luego habló atropellado en su idioma.

Osmani rio, quería decir: mira, puede hablar.

—Qué pinga estará diciendo —preguntó, y lo cogió por el cogote.

Mengesha se resistió. Osmani lo apretó aún más, y el etíope dejó de hablar.

A veces de la embajada traían un traductor. Al parecer, aparte de clamar por su presidente y temerle al emperador, el etíope tenía otras obsesiones. El doctor vivía esperanzado con regresarlo algún día a su escuela.

Sopló una brisa suave. Mengesha se tiró hacia atrás y se acostó sobre la acera.

—Si yo no estuviera aquí ahora, estaría en Angola o en el país de este —Osmani señaló a Mengesha.

Su unidad completa iba para África. Cuando Osmani tuvo la certeza de que no escaparía, empezó a hacerse el loco. Una noche, mientras dormían, disparó un peine completo de una AK contra el techo de la barraca. En un segundo, el centro de entrenamiento estuvo en alarma de combate. Se hizo la luz y el despertar fue Osmani con el cañón del fusil metido en la boca.

—¡AK, fusil, yo sé, yo sé, AK! —Mengesha se incorporó inquieto, movido por algún oscuro recuerdo.

Se tendió otra vez.

—Como andaba en la filmadera, había sacado bien la cuenta, el peine y la cámara estaban vacíos. Cada hueco en el techo era una bala.

La historia la había oído. En el hospital cada hombre era su historia. Aunque eso no significaba mucho.

—Ahí fue cuando me dieron el trancazo —explicó poniéndose la mano en la nuca.

Mi epopeya, la que Osmani deseaba saber, era más sencilla porque me vino encima y no estaba escrita.

—El tiroteo no era suficiente, podían llevarme a un juicio militar y esa gente son de pinga...

Del final de mi historia se encargó la salud pública.

—Por eso le di candela a mi casa... Cuando no había nadie, no estoy loco, y para cerrar, me tiré de una ambulancia.

Los besos salvan o te hunden. Yo no sabía eso...

—Antes de llegar, aquí pasé por dos salas de seguridad, de milagro no me dieron *electroshock*.

Mengesha tuvo otro arrebato. Logramos tranquilizarlo. Osmani le recordó al emperador, y yo le prometí mi pie de guayaba de la cena.

Pero aún no sabíamos qué hacíamos sentados en la acera.

—Dos años, esto es para largo, pero estoy jamón —y sentenció— Me le escapé al diablo.

Error, el diablo lo llevaba adentro.

Sonó la campana que llamaba a las locas al comedor.

Eran las cuatro de la tarde.

Pasó la primera cordillera.

Mujeres en batas de casa.

Locas.

Caminaban en silencio.

Algunas nos pedían cigarros. Las mismas que seguro merodeaban por nuestra sala y se asomaban a las ventanas.

—Niño, ¿no tienes un cigarrito...? —no había más palabras.

—Tú ves aquella negra —Osmani señaló al rebaño.

La mujer caminaba con el cuello hacia delante, la boca abierta. Su gran culo le hacía contrapeso hacia atrás.

—Esa puta me pegó tremenda gonorrea. Penicilina, socio, diez millones.

Mengesha dormitaba.

Pasaron dos cordilleras más.

—Un cigarrito, papi, un cigarrito...

La cuarta cordillera...

Osmani buscaba olfateando la manada como un animal de presa.

Venía en la quinta.

—Dale, negro.

Hizo que Mengesha se incorporara.

El etíope miraba a todas partes asustado.

—¡Puti! —gritó Osmani, su voz por encima de los otros gritos que clamaban por cigarros.

La mujer sacudida por una descarga, estiró su cuello mirando hacia la acera.

Me gustó que alguien respondiera a ese nombre.

—¡Puti!

De nuevo se escuchó el llamado.

La Puti se separó de la fila y vino hacia nosotros. Era muy blanca, demasiado tiempo a la sombra. Su cuerpo recién bañado era robusto. El triunfo efímero de la carne por encima de cualquier miseria.

—La Puti quemó su casa, no como yo, sino con el marido adentro, el olor a chicharrón se sentía a tres cuadras.

Mengesha miraba sorprendido a Osmani y a la Puti.

—Todos los meses le entran unas crisis que se singa lo que tenga alante, le da lo mismo un custodio que un enfermero que otra loca. Tienen que empastillarla y trancarla.

Puti reía con expresión estúpida y ausente.

Finalmente entendí: esperábamos a la Puti.

— ¿Te gustan? —le preguntó Osmani señalando hacia el etíope y a mí. Ella nos miró riendo.

Su fila se alejó hacia el comedor.

La Puti no dejaba de sonreír. Sus dientes eran blancos, grandes. Sus labios gruesos. La piel encima de los senos estaba entalcada.

—Esto es más puta que las gallinas y singa que pa' qué —me confesó Osmani como si la Puti y Mengesha no entendieran.

Puti se pasó las manos por el vientre y las caderas.

Mengesha se tocó la frente:

—Gallina… ¡Polla, polla!

—¿Dime si no te fuiste del parque por culpa de una mujer? —me sorprendió Osmani.

Sus ojos me calaban en espera de una respuesta.

—Sí, lo hice por una mujer… —reconocí sin explicaciones ni recato delante de la Puti y el etíope que eran cosas que no podían contar en la vida de nadie.

Osmani asintió. Estaba satisfecho.

—Puti, encuérate ahí pa' que los muchachos te vean.

La mujer dio un paso hacia nosotros, se despojó de la bata de kaki y luego se tendió sobre ella.

La carne…

Blanquísima…

Abrió sus piernas. Su sexo era una raja de deseos bajo el pubis.

—¡Polla! ¡Gallina! —Mengesha bajaba y subía la cabeza.

—Cógete las tetas —ordenó Osmani, y ella obedeció apuntándonos con sus masas apretadas.

Estupefacto bebí cada uno de sus detalles. Eso era una mujer encuera. El fin justo de todas las angustias.

—Ahora, párate —Osmani se tocó el sexo por encima del pijama.

Puti se paró sin dejar de sonreír. Pensé que su sonrisa era inocente y que la libraba de males y culpas.

Eso pensé, sin lástima…

—Bésalo… que este chama me cae bien y nunca la ha visto pasar.

La ceguera y la sinrazón de la carne. Puti se acercó, vi su mirada de animal manso y solitario, se pegó contra mí, me rodeó con sus brazos y sentí mi cuerpo invadido por el suyo cálido, abrumador… Sus labios se incrustaron contra los míos y la dejé morder y sorber suave. La saliva de la Puti era tibia y se colaba espesa en mi boca.

Tragué…

Cerré un ojo y con el otro reparé en que Mengesha temblaba a mi lado y, antes de cerrarlo por completo, vi que los canteros cercanos eran de nomeolvides.

# SE RENTAN HABITACIONES

Al Viejo Guerrillero lo habían consumido dos fantasías. La segunda —épica a morirse—, por orden de jerarquías, era la revolución. Una revolución que incendiara, si no al mundo, por lo menos a parte del continente. Del Bravo a la Patagonia, se conformaba. La primera, más personal y febril, consistía en acostarse con dos mujeres. Por eso estaba aquí, ahora, por sus dos fantasías. Un hombre sin fantasías no existe, pensaba el Viejo Guerrillero en otro tiempo. Si un hombre pierde el sentido de incluirse en lo imposible está liquidado. Los problemas comienzan cuando el mismo hombre trata de convertir lo sobredimensionado en realidad.

La segunda de sus fantasías —épica a morirse— lo había convertido en manco de ambas manos y dejado varado en la Isla de eterno paniaguado, y si bien esta quimera era el sueño de otros, nunca nadie la había rozado siquiera y la hora del incendio se posponía y se posponía... Al punto en que convertido en baldado guerrillero de la vida, le había perdido el entusiasmo.

En la primera, la febril, estaba embarcado.

Acelera el Wolkswagen. Ve a la Amiga estremecerse por el retrovisor. La Amiga era una india proveniente de alguna aldea remota del interior. La Amiga, su cuerpo estremecido por la aceleración, los labios entreabiertos…

—¿Cómo se les dice a las sandalias en tu pueblo? —pregunta la Esposa, y la Amiga se ríe, los dientes fuertes, equinos de la india…, pone la manos muy cerca del hombro del Viejo Guerrillero y este siente la temperatura distinta a la suya y, luego, el filo de las uñas esmeradamente pintadas.

—Cutaras…—dice, y la Esposa repite "cutaras", "cutaras"…

El Viejo Guerrillero sabe que las dos mujeres se afanan en hacerlo reír y que el diálogo no es otra cosa que una representación en honor a su condición de macho extranjero. La Amiga pasa de simpática y la Esposa de inteligente.

Vuelve a acelerar.

Esta vez las manos de la Amiga desenredan el cabello de la Esposa que se mueve con el aire que entra por la ventanilla. Los dedos oscuros entre los rizos rubios apenas acarician, componen el peinado…

El Viejo Guerrillero suspira bajito.

La Amiga retira sus dedos, mira hacia delante, los muñones del Viejo Guerrillero están sujetos al timón con una especie de presillas, y se hace la única pregunta que la ronda desde que se enroló en esta aventura: "¿Me dan asco sus muñones?". La respuesta también es la misma: no…, un poco escalofriante tal vez… Así y todo, su atracción por la situación que viven los tres se sitúa más allá de los bordes conocidos por ella. Y la Esposa, ¿le gusta la Esposa? Tampoco puede decirlo, era parte de la misma atracción, siempre habían sido amigas y ahora, la mujer era su jefa y todo estaba bien.

—¿Y el pru oriental? —pregunta la Esposa y pone su mano en la entrepierna del Viejo Guerrillero— He visto que en La Habana lo venden…

La mano en la entrepierna acaricia suave, se acerca, se acerca… El Viejo Guerrillero suspira de nuevo. La mano presiona tan cerca…

—Te tomas un pru y te comes una cuerúa y tienes para todo el día —responde la Amiga y advierte la caricia discreta de la Esposa y se pregunta si a ella le gustaría tener su mano metida en la entrepierna del Viejo Guerrillero.

La respuesta es abismal…

Los tres ríen con la salida de la Amiga.

—¿Un pru y una cuerúa? —repite el Viejo Guerrillero—, eso suena a comida de repuesto.

—Nada de eso, señor —dice la Amiga—, Tipical Food.

Vaya Dios a saber qué cosa es, se dice el Viejo Guerrillero y se hace la promesa de que jamás en su vida probará una cuerúa… La Amiga realmente es una mujer simpática. Ríen y la carcajada los relaja todavía más a dos pasos como se encuentran del límite.

"¿Quién había comenzado aquella locura?", se pregunta la Esposa, por momentos temerosa. El temor a lo que no se conoce y atrae sin remedio… Acostarse con dos mujeres siempre había sido una fantasía de su esposo. Lo bueno era que se había atrevido a decírselo. Claro que esas cosas se dicen solo en el momento en que una buena cogida —"buena cogida" eran palabras del marido, preferidas ante el tradicional palo de acá—, permitía explorar ciertas zonas, y ella vivía enamorada de su esposo y no le importaban sus muñones ni sus desvaríos y sus ojos eran los suyos. Nunca pasó por su cabeza acostarse con otra mujer, pero el Viejo Guerrillero le fue contando y contando, imaginariamente. Siempre en medio de la "buena cogida", en ese momento en que la ternura alcanzaba su definición exacta. La fantasía se prendó de ella y la hizo suya, sin detenerse a preguntar si la desearía o no fuera de las invocaciones a mitad, o al final, de la entrega más tierna o furiosa. Al principio el Viejo Guerrillero elegía las mujeres con las cuales fantasear. Con el tiempo ella supo estar a la altura de los apetitos del hombre. Ella contaba y decidía con qué mujer acostarse en el juego.

Era delicioso por la intensidad y la perfección.

Un día apareció la Amiga, no se veían desde los años de estudiante. La Amiga, una india espléndida, recalaba en la capital, sin trabajo, viviendo al día en casa de una hermana.

—Fulana tiene una clase de pelera —dice la Amiga de pronto y la Esposa se tapa la risa con la mano y el Viejo Guerrillero se extraña—, una clase de pelera en los muslos.

Tener pelera en los muslos era la manera en que en las aldeas del Este se referían a las mujeres y los hombres velludos. La Amiga y la Esposa se burlaban de las mujeres que tenían bigotes y exceso de pelos en las piernas y del gusto de los hombres por algo tan masculino. Hoy las dos mujeres se afeitaban y depilaban. El Viejo Guerrillero sabía que la Amiga tenía el sexo rasurado.

—Pelera, una mujer con pelera —repite el Viejo Guerrillero y sonríe e imagina cómo debe ser el sexo de la Amiga.

"Jugoso", esa es la palabra.

—Papi, cierra la pluma que se bota el agua... —dice la Amiga.

—¿La pluma es la pila del agua? —pregunta el Viejo Guerrillero a merced de su condición de extranjero—, pero si en Oriente dicen que no hay agua, da lo mismo una pluma que una pila o una llave.

—Y las vacas dan leche en polvo —remata la Amiga y la Esposa estalla en una risotada que contagia al Viejo Guerrillero.

El silencio retorna al Wolkswagen. Un silencio expectante, no tenso. La Amiga mira por la ventanilla, pasa los ojos por los hombros de la esposa, el cabello rubio sobre la espalda, y por fin, se detiene en los muñones del Viejo Guerrillero: "Este tipo perdió las manos por algo en lo que creía." ¿Qué cosa había en su vida lo suficientemente perdurable como para dejar los pedazos tratando de conseguirla? Nada, admite. Pero la Amiga está aquí también porque tiene un gran corazón. ¿Qué fuera del Viejo Guerrillero si no existieran mujeres como ella y la Esposa?

Sus ojos regresan a la espalda de la Esposa. Una bonita espalda, algunas pecas a la altura de los hombros. La Esposa era una mujer esbelta y elegante, alguien de quien aprender y ella llevaba años aprendiendo, hablaban de todo, el mismo diálogo, en el que se enfrascaron desde el día en que se conocieron en la Universidad.

—¿Alguna vez te has acostado con un hombre y otra mujer? —le preguntó la Esposa en una ocasión en que tomaban el café del almuerzo.

La Amiga lo pensó un instante, una pausa que más que negativa denotaba duda o quizás curiosidad.

—Soy tremenda puta —le dijo sonriendo—, pero nunca he hecho eso...

Y la Esposa le contó de las fantasías del Viejo Guerrillero. La mente de la Amiga se inflamó, tanto que su rodilla se agitó debajo de la mesa hasta comprimirse con la de la Esposa en un gesto cómplice. Las rodillas permanecieron juntas...

—Tu marido es un hombre muy inteligente... —no dijo otra cosa.

Pasada una semana llamó a la Esposa por teléfono. Por la voz se dio cuenta de que hacían el amor. La Esposa le dijo que en esos momentos tenía a un hombre muy inteligente en su cama. La Amiga rio, después suspiró y le preguntó si tenía el pie grande, contraseña con que se referían al tamaño de los genitales masculinos. Una relación proporcional, a tanto pie, tanto te cuelga. El hombre inteligente calzaba un pie respetable. En eso se cayó la comunicación. La Amiga no tardó en saber que el Viejo Guerrillero había quedado en ascuas con su llamada. El hombre quería saber, y la Esposa le contó...

Y ya no hubo fantasías con otras mujeres.

Una noche la invitaron a cenar. La Esposa deseaba que ellos se conocieran más. La comida fue servida después que acostaron al niño y la madre de la Esposa veía una película en su cuarto. El Viejo Guerrillero estaba soberbio, su mente volaba ante la presencia de la Amiga, un chiste sucedía a otro, una observación inteligente seguía a otra. Todos contentos y chispeantes, y la Amiga no paraba de decirse que un hombre al que le faltaban las manos no era lo peor. Cuando los tres se sirvieron, la Amiga no reparó, por muy alerta que estaba, en el momento en que el hombre se ató los cubiertos con unas ligas.

En medio de la cena volvió a preguntarse si sentía asco por un tipo así y no pudo evitar imaginar que el hombre la penetraba con su muñón, después se acordó del capitán Garfio, un manco interesante, y a este le siguió una lista de todos los mancos que conocía: de Cervantes para acá no había muchos.

Esa noche el Viejo Guerrillero y la Amiga entendieron: la Esposa, en ofrenda a su héroe, empujaba a todos a la cama. Al final de la velada las dos mujeres bailaron. Los rostros muy cerca. Sentado en una butaca, el Viejo Guerrillero bebía su trago sostenido por los muñones con la destreza de un perro amaestrado. ¿Quién dominaba la situación él o la Esposa? Y no lo pensó más, se puso de pie y se interpuso entre las dos dándole la espalda a la Esposa y sosteniendo a la india por las caderas. La Amiga cerró los ojos, y los tres se apretaron aunque la música, puro y rancio Pablo Milanés, en su oficio de cantor de gestas, nada tenía que ver, y la Amiga supo entre sus piernas del tamaño del pie del Viejo Guerrillero…

No hubo nada más que decir, la Esposa, que estaba enamorada del Viejo Guerrillero, se encargaría de los detalles. ¿Qué no es capaz de hacer una mujer que ame a un hombre con fuerza superior a todas las canciones, a todos los poemas y todas las telenovelas? Mientras, el Viejo Guerrillero esperaba agazapado.

Aquella vez no fue durante el café del almuerzo en la oficina. La Esposa invitó a la Amiga a una cerveza a la salida del trabajo. Las dos Cristal, los vasos casi vacíos, las manos muy cercas.

—¿Te gustaría acostarte con nosotros? —preguntó la Esposa a mitad de la segunda cerveza, y la Amiga miró por encima de la cabeza de la otra y vio los gorriones encima de los flamboyanes encendidos y escuchó el ruido de las vainas mecidas por el viento y cambió la vista y vio las parejas en las mesas vecinas y la lista de mancos acudió a su mente y, de nuevo, sintió las firmes tenazas del Viejo Guerrillero en su cintura y el pene cobrando vida contra ella y sus ojos se encontraron con los de la Esposa y no pudo más que sonreír descolocada: sus dientes blanquísimos, equinos, y sus manos fueron al encuentro de las de su amiga y las piernas se agitaron debajo de la mesa y el muslo de la Esposa avanzó entre su rodillas, solo un poco y se quedó allí suavemente atrapado entre las tibias piernas de la india.

—¿Te gustaría, sí o no?

—No me siento lesbiana... —dijo, y la Esposa también sonrió.

—Nunca, nunca, en mi vida —dijo muy lento la Esposa— he estado tan enamorada de un hombre...

—¿No tienes miedo de que esto te joda la relación?

—Nada me va a joder la relación —sentenció la Esposa llenando los vasos—, es muy sencillo, no me siento excluida, los tres o nada...

La Amiga se dio un trago, pasó la lengua por la espuma encima de los labios, volvió a mirar a los flamboyanes y encaró a la Esposa.

—Creo que me gustaría —dijo apretando fuerte sus rodillas—, pero tengo miedo...

La Esposa se tomó su tiempo, que estuviera segura de que su relación no se jodiera, no quería decir que no tuviera temores.

—Ahora mismo tengo una cosquilla, aquí... —rompió el silencio y se puso una mano debajo de los senos.

Se soltaron las manos, y debajo de la mesa, su muslo se deslizó todavía más entre los de la Amiga. El calor era ternura...

—Bienvenida —anunció la Esposa.

Ambas sonrieron, movieron el cabello y cada una, sin confesárselo a la otra, se sintió deseada por más de la mitad de los hombres que bebían y charlaban en el lugar.

El Viejo Guerrillero dobla a la izquierda y se aparta de la Quinta Avenida, rumbo al mar.

Nunca había vuelto a pasar por aquel barrio. Pero una cosa conducía a la próxima. La Esposa se encargó de atraer a la Amiga y él de buscar el lugar idóneo, lo más lejos posible de la zona en que residían. Los tres iban tejiendo una cadena de insospechados eslabones. La semana pasada había reencontrado el lugar, daba vueltas sin rumbo fijo lo más despacio que podía... Increíble, el mismo jardín, la misma cerca pintada de verde y el cartel. "Rent rooms". En la casa en que un día trató de tomar por los cuernos su segunda fantasía, la utópica, ahora se rentaban habitaciones. "Este es el lugar, ninguno será como aquí...", dijo en voz alta, y un aviso tan remoto como insondable se agitó en su estómago.

Tocó el timbre de la calle, compulsivamente leía el cartel una y otra vez. Para colmo, la actividad era legal. Debajo estaba el número de licencia del dueño. El hombre vino hacia él.

—¿Es cierto que se alquilan habitaciones? —preguntó el Viejo Guerrillero como esperando que el hombre le dijera que estaba equivocado que tenía alucinaciones o algo por el estilo.

El hombre no respondió y se limitó a señalar el cartel.

—¿Usted es el dueño? —indagó el Viejo Guerrillero y el hombre debió captar algo de su turbación o incredulidad.

—No, el dueño está de viaje para España —dijo y viendo que el otro no se movía, ni decía nada, pero que a todas luces era extranjero, es decir, la posibilidad más cercana que remota de hacerse de determinada cantidad de dinero, añadió sonriente:

—Si usted desea, puede alquilar la casa el día entero.

—¿Y cómo se llama el dueño? —preguntó sin poder evitar la curiosidad.

El hombre dijo el nombre del dueño. Dos veces lo repitió. Un nombre que jamás había escuchado.

—¿Y esto siempre ha sido una casa particular? ¿Esto antes no era alguna dependencia, algo de los militares, no sé…?

El hombre lo miró extrañado. Fue una misma cosa mirarle los muñones y preguntarse qué coño le pasaba a aquel manco imbécil.

—Esto es una casa —dijo encogiéndose de hombros, sonriente todavía ante la expectativa de un posible cliente—, aquí nunca hubo otra cosa.

—¿Seguro?

—¿Desea toda la casa o una habitación?

Antes de llegar al mar dobla a la izquierda, saca el pie del acelerador poco a poco hasta que el Wolkswagen, que es un carro dócil, queda parado frente a la casa. La brisa de la mañana mueve las cabelleras de las dos mujeres. Sabe que, cuando bajen del auto, el viento les ceñirá los vestidos al cuerpo. El detalle lo hace silbar alguna melodía que tampoco tiene que ver. El hombre aguarda junto a la verja. Baja del auto y camina hacia él rozando una contra otra la punta de sus muñones. Hablan, el hombre cobra la parte del dinero, le entrega las llaves y desaparece en una bicicleta de carrera. El Viejo

Guerrillero espera que doble por la esquina. Tras los cristales oscuros, la Esposa y la Amiga permanecen en silencio, no un silencio incómodo, más bien es la ausencia de palabras que sobran e interfieren la conexión de imágenes cómplices, fulgurantes... Abre la puerta delantera y luego la de atrás en una rápida maniobra.

—Señoras, por favor... —dice todo lo galante que puede.

En su voz hay algo de inquietud.

Las dos mujeres se bajan y efectivamente el aire que viene del mar pega los vestidos a sus cuerpos: senos, caderas, piernas, la ropa interior que oculta los sexos rasurados... Asegura las puertas del carro y, con un gesto, les indica a la Esposa y a la Amiga que lo sigan.

El Viejo Guerrillero se para ante la puerta de entrada. Las llaves en los muñones y una tormenta a punto de estallarle en el pecho, la frente perlada de sudor, las piernas fundidas con el piso y a punto de doblarse. La Amiga tose, y él parado sin atinar a dar un paso adelante de la misma puerta de la misma casa... Se da la vuelta y le dice a la Esposa que entren ellas primero, él se quedará solo en el portal unos minutos.

Se sienta en un sillón entre macetas de helechos y malangas y las escucha hablar y reírse dentro. Los deseos de irse a la cama con las dos lo asedian, pero el pasado retorna con tanta fuerza que apenas puede hacer otra cosa que sentarse, esperar.

La misma casa tomada por otro tipo de asalto...

Ya las mujeres habrán elegido la habitación. Pasan cinco minutos, y en un arranque de valentía, se pone de pie y entra en la mansión. Esta vez ha regresado en calidad de vencedor... Es un hombre a punto de incluirse en lo imposible.

Por supuesto que todo ha cambiado, pero la casa de sus días de héroe, respira bajo el nuevo disfraz. El pasado le trota dentro… Escucha las risas arriba. Se para al borde de la escalera. ¿En qué habitación estarían? Sube despacio y es como si la sangre todavía estuviera sobre los escalones. No están en la primera, tampoco en la última al final del pasillo por el que había sido llevado en brazos de sus compañeros… Ellas callan y avanza hasta las puertas que quedan una enfrente de la otra… Cierra los ojos: la Esposa y la Amiga están en la habitación, lo ha dejado en manos del destino y este se ha encargado de tejer el ¿último? eslabón. Se para en la puerta y ve a la Esposa que se ha descalzado y está sentada en medio de la cama con los pies cruzados.

Respira con fuerza, las mujeres han elegido la habitación en que su segunda fantasía, la heroica, se había ido a la mierda…

—¿Quién está dispuesto a hacerlo con explosivo de verdad? —preguntó el asesor, y un silencio recorrió al grupo.

Todos podían escuchar la respiración de cada uno. Jugar con bombas era peligroso, pero ¿qué era una revolución sin explosiones?

—Arriba —dijo el profesor de explosivos—, recuerden que estas bombas no se van a colocar en lugares públicos en horas en que la gente esté en la calle. Nuestra táctica es golpear de madrugada al capital donde más le duele: en los bancos, las oficinas de policía y del ejército… nada de lugares civiles.

Los guerrilleros evitaban mirarse unos a otros. Hasta que él se levantó.

—Yo armaré la bomba y la dejaré lista, jefe —dijo el Viejo Guerrillero, y todos se echaron a reír por la presión o los nervios.

Hay errores microscópicos que se pagan muy caros. Al voluntario, que era zurdo, la izquierda acuñada en su genética, las manos, le temblaban y su respiración era la única que se escuchaba. Los demás se habían retirado a distancia prudencial, con las cargas de instrucción, en caso de accidentes, los daños no pasaban de perjudicar al dinamitero. Un pequeño error podía ser la elección equivocada de un cable o la manipulación incorrecta de alguna pieza clave unida a demasiada plastilina explosiva en la bomba…

Eso lo entendieron tarde el asesor, sus discípulos y el propio voluntario

—¡Tírala por la ventana! —gritaba el asesor y los otros daban saltos y gritos lo más lejos posible.

Fue el instante en que el mundo se detuvo. Los gritos y las órdenes llegaban a él amortiguados y ajenos, era el eterno segundo en que el hombre se hunde en la soledad absoluta y, de pronto, siente que lo que va a suceder no es tan malo porque siempre hemos estado esperando el segundo en que la luz se volverá todo lo segadora posible.

El aprendiz de redentor nunca llegó a la ventana…

Su segunda fantasía, épica a morirse, se cubrió tras el humo y la metralla, y ya no hubo para él posibilidad alguna de incluirse en lo inalcanzable en materia de justicia social y sus derivados, sin manos y anclado de por vida en la Isla, todo era una mierda… Si un manco es incapaz de montar un ómnibus como el resto de los mortales, ¿qué queda para su participación en la lucha armada?

Good bye, Lenin.

La Amiga abre la ventana, la misma, y se suelta el cabello. El Viejo Guerrillero se recuesta en la cama junto a la Esposa y ven a la Amiga desnudarse. La india se pasea en blúmer delante de la cama. Su cuerpo, sin ser exuberante, ha sido tocado con la exquisitez de los detalles: los senos y la cintura son de una cadencia que el tiempo no ha vencido… Se sienta delante de la pareja en una butaca. "Ahí mismo debió haber sucedido", piensa el Viejo Guerrillero sin quitarle los ojos de encima a la Amiga. Ahí mismo: ¡Boom! La Esposa se levanta y le pide a la Amiga que le zafe el vestido. Al Viejo Guerrillero se le aceleran los latidos y no sabe si a causa del pasado o del presente.

La Amiga le retira el vestido y los ajustadores, pasa sus manos por los hombros. Las manos de la india acariciando el lomo sonrosado de la Esposa, su sexo frotando el gran culo de algodón, sus labios apenas posados en los hombros… y desde atrás, aprieta los senos blanquísimos apuntando hacia el hombre.

Esas eran sus tetas, ven y tómalas…

Los brazos de la Esposa se extienden hacia las nalgas de la Amiga, y ambas permanecen así, de pie, cuerpo contra cuerpo, y las manos de la Amiga bajan hasta el sexo de la Esposa y le retiran el blúmer y comienzan a acariciar los labios rosados, y la Esposa estira el cuello y profiere un tenue quejido y da un giro y las dos mujeres se abrazan, se besan con todos los deseos que implican hacerlo para el hombre que espera en la cama con el alma partida por dos bombas y la lejanía de una ventana…

El Viejo Guerrillero abre los ojos y las ve venir hacia la cama y allí, en la misma habitación, es la enseñanza otra. Una fantasía lleva a la otra… "Cojones, Dios mío, ¿cómo uno no va a desear a dos mujeres así?" Primero el Viejo Guerrillero y la Amiga se besan… La Amiga se vuelve hacia la Esposa, y los ojos de esta le dicen: "Muy puta y poco lesbiana", y siente sobre sus pechos los sabios muñones, sus manos pudieron equivocarse un día: las mujeres estallan para adentro… "No siento asco ni nada", se dice la Amiga. A las caricias del Viejo Guerrillero se suman las de la Esposa.

—¿Te gusta el regalo? —murmura la Esposa, y no se sabe a quién va dirigida la pregunta, solo el placer de decir lo que necesita el próximo instante.

La pareja cesa de acariciar a la Amiga y entre las dos mujeres desnudan al Viejo Guerrillero.

—Ahora se la vas a mamar como a él le gusta —dice la Esposa, y la Amiga se sitúa entre las piernas del hombre y se entrega extraviada a ejecutar las deliciosas órdenes de la Esposa.

La Esposa conoce los secretos que encantan a su hombre, y la buena alumna de la Amiga hace que de nuevo, al cabo del tiempo, el mundo en torno al Viejo Guerrillero se detenga al borde de la explosión… Pero algo ocurre que la hace desistir: como en tantísimas fantasías contadas al oído del Viejo Guerrillero, la Esposa abandona las órdenes a su discípula y hunde su cabeza entre las nalgas de la india en busca de su sexo, mamey abierto, y la Amiga abandona el pene del marido y el hombre ve las manos de su mujer aferradas a las nalgas morenas y el cuello blanco subir y bajar, y la Amiga se tiende en la cama y abre las piernas, y la Esposa acepta con un quejido la nueva posición…

—Ahora sínguenme bien rico…, los dos… —pide, exige o suplica la Amiga, todo a la vez…

En la mente del Viejo Guerrillero un rayo de luz, o de sombra, lo hace vacilar. Está embarcado en la primera de sus fantasías, esta ha tomado cuerpo, es un hombre incluido en lo imposible. ¿Qué hubiera sucedido en caso de concretarse la otra de sus fantasías, la grande? Los pensamientos son veloces e intensos... La Amiga gime ansiosa de ser penetrada, la Esposa le hace lugar, y él no sabe si elegir entre su pene o el muñón y lo piensa detenido a mitad de una mala escena de una mala película erótica... hasta que el rayo en su mente se aguza.

Entonces, tiene la sospecha de que sus dos fantasías, y todas las que existen, son una mierda cuando te las echas encima.

# DOS MINUTOS Y MEDIO

Como cada martes el profesor entró en la oficina y se sentó a esperar.

El trabajo consistía en estar ahí, a la espera de que los alumnos de los que era tutor aparecieran. Ellos debían reportarse, contarle qué tal iban los estudios o pedirle consejo profesional. Por lo general ninguno venía. Los alumnos eran un misterio. Al parecer no se interesaban por nada. Ni leve ni profundo. En sus clases el profesor intentaba explicarles, a través de excedentes o residuos matemáticos, que la durabilidad de la inocencia era posible. El problema era que la inocencia hacía tiempo había dejado de ser una motivación.

Era una tranquilidad que no estudiaran para ser médicos o constructores de puentes o edificios…

Abrió la ventana.

Desde la mesa veía el nuevo busto de Martí recién sembrado en el patio. Sí, sembrado, es la palabra apropiada. Los bustos de Martí se plantan, trascienden la cabilla y el cemento. Este era un busto sencillo, de plástico, con la nariz y la frente medio hendidas.

Se concentró en el busto. El profesor, no es que fuera lo que se dice un entusiasta del legado ni de las enseñanzas del

Apóstol, nada de eso. Pero de niño pensaba que si miraba fijo el busto en cuestión por dos minutos y medio, no más, este le haría alguna seña o movería la boca o subiría una ceja. Algo entre ellos. Aunque lo había intentado cientos, miles de veces, el milagro jamás sucedía, y como se trataba de un acto muy simple, estaba dispuesto a seguir insistiendo. ¿Qué significaba mirar fijo dos minutos y medio comparado a que el Apóstol le diera una señal? Y no era que el gesto fuera a cambiar nada en su vida. Una cuestión personal, de corazón, para algo deben servir los apóstoles.

Hacía años no lo intentaba.

El recién plantado era ideal porque era de plástico.

Un plástico resistente al sol.

Miraba intensamente al patio cuando uno de sus alumnos se interpuso entre él y el Apóstol.

El muchacho estaba de pie frente a la mesa.

Era uno de sus estudiantes cristianos. El profesor sabía que iba a una iglesia evangélica muy de moda y que la ocupación de sus padres era estudiar la Biblia. De testamento a testamento, de libro a libro. Cuando llegaban al Apocalipsis, regresaban al Génesis.

El cristiano se llamaba Carlos.

Carlos no tenía ningún problema académico. Necesitaba otro tipo de consejos. El profesor se sobrecogió. Sin dudas era una novedad.

Para empezar, solo para empezar, Carlos quería saber qué podía hacer contra las imágenes sexuales que lo asaltaban a diario.

"… me vienen a la cabeza, son cosas que son pecados…".

Las imágenes eran monstruosas en sentido literal y, en cuanto al contenido sexual, todas homo.

El muchacho debía llevar una vida desgraciada.

Calló y se secó las manos.

El profesor nunca había reparado mucho en él. Ahora lo veía de cerca con las manos temblorosas y húmedas.

Primero le preguntó si la palabra del pastor de su iglesia no era suficiente. Carlos negó con la cabeza. No lo eran. El pastor sabía mucho del otro reino, no del que atormentaba a su oveja.

Después le preguntó si era homosexual. En caso de serlo, y si su problema eran solo las imágenes, las cosas serían más simples a la hora de aconsejarlo.

"No, profe, no soy homosexual...", reconoció casi avergonzado, y el profesor le creyó.

Volvió a secarse las manos mientras miraba ansioso y desesperado al profesor.

"... me gusta una chiquita que va a la iglesia...", dijo con dificultad.

Habló de la chiquita. Le gustaba, pero más le temía.

El profesor le sugirió algo sobre el valor y el riesgo como recursos para obtener lo que uno desea. No cualquier valor, sino cierto tipo de valor.

Terminó de hablar, lo miró satisfecho, sonrió.

Carlos se pasó el pañuelo de una mano a otra. Era evidente que ni entendía ni había quedado conforme. De los labios del profesor no salían las sugerencias que lo pusieran en el rumbo que tanto deseaba.

"...cierto tipo de valor...", repitió bajito.

El profesor no habló. Seguía mirándolo con la sonrisa retratada en los labios.

El alumno lo miró desalentado.

"Profe, ¿por qué usted siempre se está sonriendo?".

En lugar de cortar la sonrisa, el profesor rio. Este muchacho era ocurrente.

Cuando terminó de reír, le aconsejó a Carlos que fuera a un siquiatra. Sin embargo, ya Carlos había tomado esa precaución. Además, el siquiatra no le gustaba. Según sus criterios, el único camino que tenía su paciente era tomar pastillas. Por eso andaba como un zombi.

Se quedaron en silencio. En el rostro del muchacho estaban impresos más de la mitad del desencanto y el desespero que un joven puede aceptar, consumir y aún más.

Carlos guardó el pañuelo, sacó una libreta y se dispuso a escribir.

"Profe, yo quiero que usted me diga qué tengo que hacer para ser fuerte en la vida".

El profesor lo miró… Todavía sonriendo…

El muchacho no había acabado. Faltaba lo mejor. Carlos era cristiano, eso quería decir que su conflicto no era con la vida que vendría, sino con la inmediata. Por eso su pregunta era máxima.

"¿Qué tengo que hacer para que todo me salga bien y ser feliz…?".

La sonrisa se esfumó del rostro del profesor.

Cualquier cosa que dijera Carlos la escribiría, y después, quién sabría qué sucedería con sus palabras allí anotadas. Es el inconveniente de educar a los otros.

¿Qué se debe hacer para ser fuerte y feliz y que todo salga como uno se merezca en la vida, la de acá?

La idea que el profesor tendría de la respuesta que fuera quedó sepultada en su mente. El director estaba parado junto a Carlos.

El muchacho se escurrió sin despedirse y el director ocupó su lugar. En vano el profesor movió la cabeza tratando de ver el busto de Martí.

El director era un hombre gordo, un hijo de puta de trescientas libras. Sus manos no sudaban como las del cristiano. Al director le sudaba el cuerpo entero. Un olor agrio invadió la oficina. Respirando aquel vaho y sin ver el busto, podía asfixiarse.

"El sábado es la clase metodológica", le dijo.

La clase metodológica del sábado consistía en que el director se lo informaba, lo hacía firmar un acta, y llegado el día, el profesor no iba. Luego, al final de mes, venía el descuento. Así semana tras semana.

"Firma aquí, y nos vemos".

Extendió el papel, y el vaho aumentó.

El profesor leyó el documento asintiendo y firmó con seriedad. Sin falta estaría en la clase. La metodología era tan útil como las señales del Apóstol.

"A mí no me importa que nadie vaya. Alguien tiene que hacer esto", dijo el director con cara de mártir y recogió sus papeles.

El vaho desapareció y la vista hacia el busto quedó despejada. Quizás tuviera toda la tarde para mirar al Apóstol.

Apenas llevaba un minuto contemplando el busto, cuando la distancia entre ellos volvió a oscurecerse.

Sorpresa.

De pie Sunaimi le ocultaba el busto.

Sunaimi era de las que, en clases, se sentaba cerca de la mesa del profesor. Tenía el don de mover el cuerpo, la cabeza, las manos con una gracia de muerte que le sugerían al profesor otros espacios y otras circunstancias. Mirándola cualquiera podía decirse: "nadie se va moviendo por la vida como Sunaimi Rodríguez". Eso significa un montón de cosas.

En las conferencias el profesor hablaba y explicaba. Sunaimi solo miraba y miraba, no importaba el tema o las largas y complejas ecuaciones. Las palabras la hacían moverse con una delicadeza de vértigo. A veces el profesor tenía que parar, dar la vuelta a la pizarra para no perderse entre sus muslos blancos y semiabiertos o en sus sandalias o en su escote. Eso sin mencionar el tenue vínculo, sin necesidad de confesiones, que los unía.

Sunaimi bastaba para recuperar la inocencia sin necesidad de esfuerzos matemáticos de ningún tipo.

Y ahora estaba en la oficina. Sin esperar que el profesor dijera nada se sentó frente a él. La visión del busto quedó liberada. Sunaimi traía un pequeño termo que puso encima de la mesa.

"Es té verde", aseguró, y el hombre sintió que la boca de Sunaimi y el sol de la tarde eran la misma cosa.

El profesor repitió las palabras de Sunaimi, esta vez en forma de pregunta. Té verde sonaba raro y demasiado sofisticado para venir de uno de sus alumnos. O alumnas. O de Sunaimi.

"Estoy yendo a un gimnasio y dice el entrenador que el té verde es bueno, ayuda con la armonía", dijo desplegando un abanico.

Su muñeca se movió, los pulsos tintinearon.

El profesor apretó sus mandíbulas. A su alumna le preocupaba la armonía. Eso también era una novedad.

"Quiero llevar una vida sana", remató alegre, como si en lugar de sus deseos, hablara del fin del diluvio.

La información acompañada de un sutil ladeo de la cabeza y los hombros, sin contar la gracia a la hora de abanicarse, hundió al profesor en cierta tristeza. Nunca se había interesado mucho por sus alumnas. Ni siquiera recordaba el nombre de ninguna. Con Sunaimi era distinto. El tenue vínculo… Ella jugaba a acercarse y, con la misma gracia, se alejaba.

Era rico…

…descojonaba un poco.

"Mi esposo también va al gimnasio", dijo, y si no fuera por la candidez de sus palabras, el profesor se hubiese hundido un palmo más en la desazón. "El pobre, sí tiene que hacer dieta".

El dato, dicho al azar, no quería decir que nada en particular se interponía entre ellos, quería decir simplemente eso: que su esposo también iba al gimnasio y que hacía dieta. Dos argumentos demasiado sólidos para mantener vivo cierto interés por alguien. Su esposo en este caso. Pensó el profesor.

Preguntó alguna vaguedad sobre el trabajo de curso. En el momento en que Sunaimi iba a responder, sonó su teléfono.

La muchacha cortó al profesor con un gesto que partía la vida y sacó el celular. Saludó a la persona que hablaba del otro lado.

Asintió varias veces, sin dejar de mirar al profesor.

"La fiesta es el sábado…", dijo cortando la conversación.

Del otro lado seguían preguntando. Sunaimi pidió que la llamaran por la noche, se despidió y apagó el celular.

"Una no sabe lo útiles que son estos aparatos hasta que no los tienes", admitió.

El profesor, que no tenía ni usaba teléfonos celulares, aprovechó la afirmación de la muchacha para explicarle que en eso precisamente, y no en otra cosa, consistía la esencia de la dependencia de la tecnología. Bastaba tener un artilugio en tus manos, y pasada una hora, comenzaba a ser imprescindible. Era en esos momentos en que se situaba por encima del mundo de Sunaimi, y a ella los ojos le brillaban de encantamiento.

Como en otras ocasiones, la sabiduría del profesor tocó el candor de la muchacha. Era justo el instante de la insinuación del apareamiento. De ese acto tan simple en que el pavo real despliega su cola y la hembra se sugiere y da vueltas a punto de rendirse. Solo a punto. Sunaimi jamás caía del todo. Rebasada la distancia en que corría peligro, se retiraba graciosa, es decir, moviéndose como se sabe.

De la tecnología el pavo real cayó en lo que jamás viene a continuación: el alma humana. Era el tipo de cosas que se le daba bien con su alumna. Cambiar el curso de la conversación hacia un tema inesperado, le daba puntos extras. El profesor había estudiado un poco de psicología, y aplicarla con Sunaimi, era muy fácil. Sus rudimentos bien utilizados le daban a cuanto decía una sensación de profundidad dentro de la cual su alumna no podía nadar. Por eso, siempre debía ayudarla a llegar a la otra orilla, que era la orilla que él deseaba.

Y desde la otra orilla la muchacha desplegó como siempre su mejor táctica: el retiro. No sin antes dar a entender que sí, que siempre había una posibilidad.

Solían verse de casualidad en la biblioteca o en cualquier parte de la ciudad. Nunca se habían citado. De pronto, el profesor recordó que era martes, y Sunaimi estaba en la oficina por primera vez.

¿Qué pasaba con ella?

¿Por qué estaba aquí?

Le hizo las dos preguntas sin alterar el orden.

Sunaimi se estremeció. Agitó el abanico unos segundos. Luego lo cerró.

Había algo que deseaba decirle.

"Usted nos habló hace tiempo de un libro que trataba de una mujer que esperaba a su marido veinte años, ¿se acuerda?", dijo, abrió los ojos, y el profesor no supo si aquella mirada quería decir, o no, con palabras de Sunaimi: "el papel aguanta lo que le pongan".

El profesor no se acordaba de haber hablado en sus clases de nada parecido. No obstante, el libro del que hablaba Sunaimi debía ser *La Odisea*. Se notaba, además de su despiste natural, que su alumna jamás se había leído nada. ¿Pero qué significa que la gente lea o no? Y el hecho de recordar al menos la trama de la obra, le daba la certeza de que pisaba un terreno que conocía de sobra: la sensibilidad de Sunaimi.

Eso mata…, a cualquiera…

El profesor trató de recordar sin éxito. Volvió a hablarle de Odiseo y Penélope. Sunaimi escuchaba quieta.

El profesor acabó de hablar.

Sunaimi no dejaba de mirarlo. Hasta que su cuello se movió espléndido.

"Sí, ese mismitico es el libro", dijo por fin emocionada. "Ella lo esperó veinte años, y al final, él regresa".

El profesor hizo una observación sobre el desempeño de los vientos apresados dentro de un saco en los últimos diez de los veinte años.

Sunaimi se abanicó otra vez.

"No es fácil aguantar tanto tiempo, ¿verdad?", reconoció ensimismada. "Tal vez mi abuela…".

Tal vez su abuela… No hubo palabras más turbadoras.

El profesor miró para el busto. Era lindísimo mirar para el patio y después para Sunaimi que se abanicaba silenciosa.

Dos minutos y medio…

¿Y si miraba a Sunaimi fijo por dos minutos y medio?

Consultó con disimulo su reloj, no fuera a pensarse su alumna que a él le molestaba su presencia, y puso sus ojos en el rostro de la muchacha.

Fijos.

Oscuros.

Los de Sunaimi eran un poco como el color de la yerba seca.

La muchacha resistió la mirada por diez segundos. Eso era demasiado. Cambió sus ojos y, en un instante, volvió a cruzarlos con los del profesor.

¿Qué se decían mientras se miraban?

Nada.

Un hormigueo en la mente, quizás.

Un rumor de olas contra la arena.

El profesor solo se concentraba en resistir mirando de frente y cerquita a los ojos de Sunaimi.

El tiempo, breve, seguía corriendo.

Lento…

Todo estaba en no cambiar la vista.

Sunaimi no entendía nada de las intenciones de una mirada tan insistente. Tampoco dejaba de mirarlo. Para ella era una experiencia extraña situada en algún punto ajeno al deseo.

Sin abandonar su intento, el profesor miró rápido y de soslayo su reloj. Faltaba poco. Segundos.

Escasos segundos.

El profesor no recordaba haber mirado tan fijo a una mujer por tanto tiempo. La muchacha no era un fragmento de estatua. ¿Y si al final Sunaimi le daba una señal? A diferencia de la del busto, ¿sería una clave en su vida?

Sunaimi pestañó suave.

El profesor la imitó con rapidez y siguió concentrado en lo suyo.

Sunaimi lo miraba sin moverse.

De nuevo el profesor miró su reloj.

Se había pasado tres segundos. Desvió sus ojos hacia el patio. Directo al busto de plástico.

Sunaimi bajó la cabeza. Fue su única señal o gesto. De eso no se espera mucho o se espera todo.

Los dos seguían en silencio.

Igual que mirar al busto…

Eso pensaba el profesor.

Sunaimi levantó la cabeza. Toda la gracia posible en aquel gesto.

"Profesor…, llevo semanas pensándolo", dijo y sus palabras se volvieron lentas.

Muy lentas.

"Vine a decirle que por el único hombre que yo esperaría veinte años es por usted…".

Y Odiseo tuvo miedo de decir algo y que el viento, el que fuera, lo llevara lejos de Sunaimi.

Los dos seguían quietos en sus sillas.

El celular sonó otra vez.

Era su esposo.

"Tengo que irme…", dijo, y abrió su bolso y sacó un vaso desechable.

Sunaimi sirvió té y lo probó despacio.

Puso el vaso encima de la mesa.

Odiseo vio la mancha de creyón rosado en el borde.

Sunaimi se puso de pie.

Encogió los hombros:

"Nada, quería que lo supiera…".

Odiseo también encogió sus hombros.

Sunaimi sonrió.

Salió al patio.

Nadie se movía al caminar como Sunaimi Rodríguez.

Mientras se alejaba el busto permanecía oculto.

Entonces, Odiseo cogió el vaso de té y puso sus labios justo encima del creyón.

Olió la infusión.

Bebió un pequeño sorbo.

Efectivamente, era un té verde.

Suave.

Tibio.

Con poca azúcar.

Volvió a beber, y fue como besar la boca de Sunaimi.

# EL GUARDIÁN

Alfonso miró la camisa en el espaldar de la silla. Hacía diez años que cuidaba los almacenes de la fábrica de muebles y quince de su retiro. ¿Quince años es poco o demasiado tiempo? Depende, para romperse el lomo, es mucho; y en la vida de un hombre, si juntas las buenas rachas, poco. Una pasada. Unas cuantas escenas bonitas, como en las novelas que ven las mujeres. La pregunta y el escamoteo de respuesta le cortaron el nuevo ataque de tos.

Su tos era a prueba de médicos, antibióticos, remedios. Se iba o venía de acuerdo con su voluntad. Una tos con vida propia que cada cierto tiempo arremetía contra él, para recordarle que no era casi nada, solo un hombre en declive y, por tanto, demasiado frágil. La tos era la herencia de sus años de fumador. Sin embargo, sus pulmones seguían ahí, arañando el aire que se necesita trece veces por minuto para estar simplemente.

Respiró suave. Sus ojos pasearon por las manchas de las paredes. Manchas de humedad y desinterés. Las manchas no le decían nada. No importaba que carcomieran las paredes cercándolos en un anillo de moho y lenta destrucción a Sarah y a él. Ahora que podía respirar mejor, sintió el olor que emanaba de la casa. Sabía que, por la fealdad y la vejez acechante, su único nieto apenas los visitaba. Quizás fuera un muchacho demasiado sensible. Sarah se lo echaba en cara. Alfonso entendía, para él debía ser difícil asistir a la ruina de un lugar en el que había sido tan feliz.

Volvió a respirar. No era un olor agradable. Lo conocía de memoria, a veces podía sentirlo, aunque estuviera en otra parte.

A todo te acostumbras si estás vivo, pensó.

Abrió la ventana. Los gajos de la mata de naranja agria asediaban la casa. Tendría que cortarlos. Sintió el aire de la tarde. Regresó a la mesa.

Sarah trajinaba en la cocina mascullando bajito. Su obsesión era hablar del pasado. A diferencia de Alfonso, Sarah había nacido bien. Eso significaba que todo lo malo era peor.

Apretó el interruptor, y se hizo una luz amarillenta.

Sarah puso los platos en la mesa.

El ritual de la comida había perdido cualquier significado entre ellos. Tal vez se tratara de la calidad de los alimentos.

O del descenso.

El ritual persistía.

La comida se molió ruidosa en la boca de Sarah.

Alfonso cerró los ojos, masticó tranquilo.

"Los hijos de Máximo están con él en el hospital", dijo Sarah con la boca llena.

Alfonso tragó, el arroz y el picadillo bajaron por su garganta. Sus ojos volvieron a posarse en la mancha que tenía enfrente. Un gran chancro reventaba en la pared por debajo de la pintura. El picadillo y el arroz se movieron lentos en su boca.

"Lo tuvieron que operar de la cadera.", le informó la mujer, "Con noventa años..."

Alfonso no respondió.

La comida en la boca.

De ella.

No le molestaba que Sarah hablara en la mesa de las desgracias de los otros. Siempre y cuando no dijera nada de la muerte y los muertos.

"Para eso están los hijos".

Los hijos..

Para eso...

Sarah hablaba comiendo. Tampoco importaba. Granos de arroz pegados en los labios agrietados en los bordes.

"Mañana o pasado lo traen".

A Máximo.

Sarah hablaba comiendo.

Los gajos se movieron en la ventana.

El aire fue más fresco.

La noche andaba cerca.

Bebieron refresco sintético con sabor a fresas y terminaron la comida.

"Mañana cuando salgas de la guardia, pasa por el mercado", le recordó Sarah mientras recogía los platos. "Necesito una libra de frijoles negros para el domingo".

Dijo como si "el necesito" no lo incluyera a él.

Alfonso demoró su respuesta.

"Sí", musitó, y se puso la camisa.

Por encima de la tela desteñida y semitransparente se veían los pequeños agujeros de la camiseta.

La camisa tenía un emblema en la manga izquierda.

El domingo comería frijoles.

Negros.

Los granos de arroz seguían pegados en las comisuras de los labios de Sarah.

Antes de irse, guardó el pomo plástico con el café. La gente decía que el café había que tomarlo caliente, acabado de hacer, sino era veneno. Eso debía ser mentira. Si el café te quita el sueño, es bueno.

Quizás.

Con o sin café, su oficio era tener los ojos abiertos.

Salió por el pasillo lateral con la bicicleta. Sarah le alcanzó la jaba con el radio portátil y la merienda de la madrugada.

Su bicicleta era pesada y lenta, justo la que necesitaba.

Pedaleó y, por un momento, pensó que le vendría el ataque de tos.

Le dio fuerte a las piernas, respiró profundo, y la posibilidad de la tos quedó atrás...

Atrás Sarah gritó.

No debía olvidar los frijoles.

Era jueves.

Negros.

De los negros nada más soportaba a los deportistas y los frijoles. Aún así, prefería los garbanzos o las judías. Se preguntó si era racista o no. No sabía ni le importaba. Bueno, seguro lo era. A su edad interesan pocas cosas.

Érase un hombre a una bicicleta pegado. De niño siempre quiso tener una, y jamás los reyes magos se acordaron de él. Ahora, después de tanto tiempo, era parte de su cuerpo. Una prolongación de sus miembros.

Bicicleta y hombre: la misma sustancia.

No obstante, Alfonso tenía suerte. No se la habían robado. Cada vez que pensaba en esa posibilidad, tocaba madera. El pequeño gesto de inocencia bastaba.

Llegó al almacén y ató la bicicleta a un raíl con un candado. Su colega se acercó y le entregó la escopeta.

Nada.

En su turno no había sucedido nada.

La noche era otra cosa.

Alfonso revisó la escopeta. El número de cartuchos. Todo estaba en orden, su compañero no había disparado. Ninguno de los dos había usado la escopeta en diez años, excepto en las prácticas de tiro cada seis meses. Alfonso no tenía buena puntería, pero quién quería cuidar un almacén toda la madrugada. Era un trabajo para hombres hechos con la piel del insomnio.

"Me voy", dijo su colega. "A las siete sale una guagua para el Latino".

Alfonso sacó el radio y dejó la escopeta recostada en una esquina de la caseta.

"Esta noche ganamos...", aseguró el otro. "Tengo plata puesta en eso".

Plata.

El colega se alejó en su bicicleta.

Comenzaba la lenta travesía en el bote hecho aguas hacia la mañana.

Pronto estaría oscuro.

Alfonso conectó el radio al tomacorriente de la caseta. Las baterías se guardaban para caso de ciclón o apagones.

Se escucharon los acordes del programa de música campesina. A Sarah no le gustaba la música guajira. Ni siquiera en la televisión donde ponían a Celina González y al Jilguero de Cienfuegos. Afincó la silla contra la pared y se acomodó lo mejor que pudo. Acompañado de una escopeta casi inservible, oyendo música campesina, o la pelota, era mejor que estar en casa. Su mujer quejándose porque antes vivía como una reina y ahora...

Tenía que admitirlo, prefería estar lejos de su mujer.

En la radio el As de la Metáfora y el Sinsonte del Mayabe, se trenzaron en una controversia sobre el tema de las mujeres. De los dos se quedaba con el primero. La voz del Sinsonte no era segunda de nadie, y sus décimas tenían pegada. Pero el As era único. Filoso, engatusador, rápido en la riposta. En una ocasión caminaba por una calle de Marianao y se tropezó con el cantante. Alfonso se sobresaltó. Sin poder evitarlo, le dio las buenas tardes y lo llamó maestro.

"Maestro es usted", le devolvió el As, sin conocerlo y haberlo visto jamás, solo porque era un hombre mayor que lo había reconocido y saludado en la calle.

Un caballero.

Eso sí era un artista.

Alfonso dio unas palmadas sobre sus rodillas acompañando la música. Del otro lado el Sinsonte aseguró que prefería a las jóvenes. El As le fue a la contra, alegando por la belleza otoñal y la experiencia.

El contrincante se le encimó con un homenaje a la firmeza del cuerpo.

El As apeló de nuevo, con mucha picardía, a las veleidades amatorias de ciertas edades.

Así, canto contra canto, los dos decimistas se sacudían el diablo del cuerpo, hablando de las mujeres.

Como atraída por la controversia, por la otra acera pasó una mujer joven en tacones, embutida en una minifalda negra y una blusa escotada. La muchacha caminaba despacio, dueña de una perturbadora elegancia. Su paso tenía algo de cisne en estanque o pantano, empeñado en domar los zapatos que llevaba puestos. Era una hermosa mujer de cabello corto y piel muy blanca.

Alfonso no pudo evitar suspirar. (Y eso que hay cosas que Alfonso no veía ni sabía: la mujer, por ejemplo, llevaba el vello púbico recortado, solo para que su sexo no fuera cubierto de pelos por el mundo, además el pequeño bulto iba apresado en un blúmer de una belleza de muerte). El aire escapó, pesado. Alfonso afinó la vista tras sus espejuelos de vigilante y tuvo la certeza de que nunca nunca nunca nunca, volvería acariciar una piel tan blanca y tersa ni poseería a una mujer ni remotamente parecida a aquella putica, para él todas las jóvenes lo eran, domadora de tacones.

Por mucho que barruntara, no encontraría nada más angustioso.

Un dolor se le encajó en medio del pecho, y ya no escuchó la pelea de versos en la radio. Hay descubrimientos que de obvios pasan inadvertidos y un día, de pronto, te escupen a la cruda realidad.

Nunca nunca nunca.

Una piel.

Unas piernas.

La opresión cedió a medida que la mujer se alejó. Alfonso ensanchó el pecho, resopló.

En la radio el As y el Sinsonte rindieron armas ante el milagro que eran las mujeres.

Las mujeres.

La oscuridad borró las sombras desde la otra acera.

El viento movió la luz de la farola junto a la garita.

La noche se agazapó exacta a un felino estrellado encima de Alfonso.

En la radio sonaron las notas del himno nacional. En unos minutos, empezaría la trasmisión del juego de pelota. Industriales contra Santiago de Cuba. Un clásico. Decían los comentaristas.

La escopeta...

 recostada en una esquina...

Alfonso dio una vuelta alrededor de las naves. Todo estaba en orden. Su trabajo era sencillo. Velar por que nadie entrara al almacén. Para eso se necesitaba estar despierto. Lejos de casa y de la sombra de Sarah.

En los primeros tres innings el partido estuvo de un solo lado. Su colega perdería el dinero. El Industriales era el equipo de Alfonso. Azul, el color del cielo, era el color del béisbol para él. Pero la pelota no le entusiasmaba como en otro tiempo, cuando también jugaba, dinero...

...iba a los estadios.

Adiós cielo azul.

Hoy la suerte estaba echada. Los del Oriente eran duros de pelar y agresivos como avispas.

Ahora que no la padecía, disfrutaba la pelota de otra manera. Le gustaba ver a los jóvenes en pugna. Negros sudorosos en medio del diamante, la grama, la tarde, en busca de un sueño cada vez más lejano.

Alguien pasó por la calle y le preguntó por el Industriales. El hombre escuchó un instante y siguió su camino.

Al final del octavo inning, cuando su equipo caía trece carreras por tres, el cansancio lo venció y se quedó dormido.

Alfonso estaba en un hospital rodeado por los hijos de Máximo, no los suyos. Sin embargo no estaba allí. En el momento en que su cuerpo yacía en la cama, paseaba por un jardín de la mano de su hermana. Verde, perfecto, luminoso lugar de ensueños. Su hermana hacía siete años que había muerto. Los dos eran niños y jugaban bajo la luz del sol desparramada, matinal. Alrededor de ambos, estaban todos los juguetes que añoraron en su infancia.

Alfonso montó una bicicleta, y su hermana corrió tras él con un aro en la mano...

Los dos eran despreocupadamente felices e inocentes.

Jugaron.

Jugaron.

Hasta que Alfonso se sintió muy cansado. Tenía sueño...

"Quiero volver a casa con mamá...", dijo.

El aire sopló y el jardín se ensombreció.

"No podemos, vivimos aquí...", respondió la niña.

Alfonso se sentó en el césped y comenzó a llorar asustado. Sabía que no vería más a su madre ni volvería a casa. La niña le cogió la mano y le dijo que mirara a su alrededor...

Abrió los ojos.

Los hijos de Máximo le rodeaban aún.

Alfonso gritó con todas sus fuerzas y se vino hacia delante con silla y todo. Sus manos y rodillas tocaron el suelo.

Estaba sudado.

¿Qué tiempo había dormido?

¿Un pestañazo o varias horas?

Fatal.

El juego había acabado y en la radio daban el noticiero de la madrugada.

Alfonso jadeó. Bebió café del pomo plástico.

No era la primera vez que soñaba con su hermana.

Un ruido llegó del final de la segunda nave.

Echó mano a la escopeta y caminó con sigilo. Tampoco era la primera vez que sucedía. Dentro del almacén había todo lo que la gente necesitaba o añoraba. Varios custodios habían sido expulsados por permitir robos en su turno o ser cómplices de ellos. Se acercó al lugar de donde venían los ruidos, y efectivamente, dos hombres estaban agachados cerca de la nave.

Los ojos de Alfonso estaban hechos para la noche. Aguzó la vista.

Si tienes una escopeta, debes usarla. Para eso había ciertas reglas. Era obligación de cada guardián conocerlas de memoria. Primero, preguntar. Luego, advertir. Después, y solo en caso de no recibir respuesta, podías disparar. Nunca al cuerpo. Siempre al aire, y si eras agredido, para eso estaban las piernas del ladrón.

Una sencillez de reglamento.

Alfonso lo sabía de memoria.

Preguntó quién andaba en lo oscuro y cuáles eran sus intenciones.

Silencio.

Los cuerpos se arrastraron ágiles. Los bultos en lugar de alejarse se acercaron.

Peligrosamente.

Alfonso escuchó un ruido de fierro filoso contra el suelo. Era el sonido de una amenaza.

Y el guardián se saltó dos o tres renglones del reglamento.

El disparo sacudió la madrugada.

Alfonso bajó la escopeta. Los bultos no estaban.

El olor a pólvora permaneció en el aire.

Primero, llegaron los vecinos.

Luego, la patrulla.

Los policías dispersaron a los curiosos, interrogaron al guardián, caminaron por el lugar y revisaron la escopeta, sin encontrar nada condenable en el acto. No hubo nada que reportar. A fin de cuentas, si tu trabajo consistía en tener un arma... Alfonso les brindó café y los agentes aceptaron. Los dos estaban eufóricos porque su equipo había derrotado al Industriales.

La patrulla se fue, y Alfonso se sentó a comerse la merienda. Entonces, recordó su sueño. Que su último viaje terminara en un jardín montando bicicleta. No estaba tan mal. Era mejor que las calderas del infierno que predicaban los cristianos. Pero, por favor, que Sarah no apareciera por allí. No la odiaba. En el jardín, él y su hermana estarían con su madre. Nadie les molestaría y tendrían paz y desconocerían la miseria. En aquel sitio solo habría amor y juguetes y serían niños.

Siempre.

La merienda se le atragantó y lanzó el pan lejos, a los perros de la madrugada, cuando un estremecimiento de fuerza inédita lo avasalló: aunque no le importara casi nada, no quería morir. Aún había cosas de las que quería disfrutar. El sentimiento fue más fuerte que la idea y el sueño del jardín. Era el deseo de un hombre vivo.

Vivo.

Sí.

El sol ripió las sombras en la lejanía. La mañana lo sorprendió con unas ganas de vivir enormes. Llegó su relevo, y Alfonso le contó del disparo. Su compañero lo celebró. Alguien por fin disparaba. Lástima que no los hubiera alcanzado por lo menos en una pierna.

En largo rato se repetiría un intento de robo.

El guardián estaba eufórico. Los vecinos del almacén lo mirarían diferente a partir de ahora.

Firmó el libro de la guardia y registró la incidencia.

Se volvió a adosar a su bicicleta y se fue al mercado por los frijoles.

Negros.

Esta mañana tenía ganas de vivir. Como hacía tiempo no sentía. En lugar de seguir por la calzada, dobló por una calle lateral. Tenía hambre... hambre de todo...

Pedaleó unas cuadras, hasta llegar adonde la última calle colindaba con la línea del ferrocarril.

Alfonso tocó la puerta, y apareció Caridad.

No hay que comparar a Sarah con Caridad.

La mulata se ocupó de la bicicleta, y Alfonso se sentó en el comedor.

Caridad tenía listo el desayuno. Sus ojos aún conservaban cierto brillo de otros tiempos. Por eso, por la luz, Alfonso estaba aquí.

En casa de Caridad, no había chancros en las paredes ni olor a moho.

La mujer se movía por la cocina, hablando de mil cosas leves, contenta de que Alfonso estuviera allí.

Hoy al guardián le tocaba un desayuno de blanco.

Platos blancos.

Chocolate blanco.

Leche.

Natilla sin canela.

Alfonso se lanzó sobre los alimentos terrestres amasados por las manos de Caridad.

Ella apenas comía. Su desayuno era tenerlo en casa, aunque fuera esa mañana, porque ese acto no cesaba de repetirse.

El guardián comía...

Comía, y Caridad hablaba, hablaba, su voz era música, solo música...

Alfonso le contó la historia del disparo, no la del sueño... ¿Cabría Caridad en su jardín? Seguro que sí, pero incluirla a ella significaba no ser justo con Sarah. Abandonó la idea.

Alfonso conoció a Caridad una tarde en que andaba por su barrio. La mujer ponía un cartel en el portal. Necesitaba a alguien que le limpiara el patio. Alfonso se paró, la miró de arriba abajo, le fascinó que la mujer aún se pintara las uñas de los pies y le dijo que no hacía falta ningún cartel.

Limpió el patio, y Caridad le preparó una merienda. Alfonso no quiso cobrarle.

A partir de esa tarde, Caridad entró en su vida.

Caridad era ágil, cada mañana iba a un círculo de abuelos a hacer gimnasia matutina. Lo que más disfrutaba de sus ejercicios era que el profesor la llamara muñequita.

La segunda vez que Alfonso la visitó, la mulata le demostró su agilidad sentada, aplaudiendo con los pies. Y al guardián le pareció que la imagen de una vieja aplaudiendo con los pies era algo patético.

Pero hoy no, está aquí por sus deseos de vivir y porque la mujer disfruta hacerle un desayuno de blanco.

Luego del desayuno Caridad lo lleva al baño y le lava el cuerpo despacio. Alfonso pensaba que si una mujer te bañaba, era un viaje a la niñez.

Es un rito que la mujer goza. Nunca había conocido a nadie que tuviera una vocación tan aguda por el placer. Caridad tenía amigos, demasiados, y montones de cajas inaccesibles repletas de recuerdos. Eso a Alfonso le gusta, lo necesita en su vida de amarguras, y también lo cela un poco, por sentirlo caprichosamente excluyente. El guardián piensa que hay tantas cosas del mundo de Caridad que nunca podrá conquistar. Por suerte eso tampoco importa mucho.

En el cuarto, Alfonso se ve desnudo ante el espejo... Ni los viejos Cristos de las iglesias de pueblo.

La mujer se desnuda, su vientre vencido y estriado salta libre.

Alfonso recuerda a la mujer domadora de tacones. Su minifalda breve, el escote...

Nunca más.

Ni sus piernas.

Ni una piel como aquella.

Se recuesta en la cama, y Caridad se le viene encima.

Una inminencia de malas artes se despliega sobre la carne magra del hombre.

Hoy Alfonso tiene unas ganas de vivir.

La poseerá, no será la última. No importa que penetrar a la mulata sea como el viaje a la oscuridad de una gruta sofocante.

Viajará a sus ovarios.

Y, justo en ese momento, le sobreviene el ataque de tos que amagaba desde la tarde anterior.

Comienza a toser.

La mujer se hace a un lado, se sienta y le pone la mano en el pecho.

Y Alfonso tose.

Tose.

Tose.

Las viejas flemas pelean por no abandonar su cuerpo.

Entonces, en medio de la tos, recuerda que el domingo comerá frijoles.

# AGUAS NEGRAS

Ir de pesca no es una simple excursión.

Los preparativos comienzan desde el día anterior. Lo primero es buscar la carnada. De eso se ocupa el hijo. Deja detrás varias fincas por senderos que discurren cerca de las alambradas de espinas, hasta llegar al estrecho arroyo que corre entre los cañaverales a las afuera del poblado.

El niño excava en los bordes del cauce.

El aire mueve los penachos de las cañas. Es un ruido agradable el sonido del viento haciendo danzar el cañaveral en una pantomima fija. Así era cuando aún la zafra no empezaba. Después, días antes del primero de marzo, los cañaverales que rodeaban al pueblo ardían como si el apocalipsis estuviera ahí, a dos palmos. Al otro día, el pueblo amanecía cubierto de una capa de polvo negro.

Como no es tiempo de zafra, y los cortes de caña todavía están en pie, el niño escucha el viento sacudir los sembrados y los árboles que bordean el arroyo hasta el límite donde comienzan los cercados de las vaquerías.

El niño socava y las lombrices no tardan en aparecer retorciéndose entre los terrones de tierra húmeda. Luego las deposita en una lata de mermelada vacía. No es una tarea fácil, hay que abrir hoyos y ensuciarse las manos, cosa que no todo el mundo está dispuesto a hacer, piensa el niño. Una lata de lombrices rinde para una mañana de pesca. Los gusanos se enroscan ciegos entre los dedos del niño que pone toda la seriedad, de la que es capaz a su edad, en cumplir la encomienda del padre. Sacar lombrices de la tierra no es un trabajo que se le encargue a cualquiera, se repite. Por eso husmea en los agujeros y siente orgullo, como si cada lombriz fuera un hilo que lo estrechara aún más a su padre.

Acaba, se limpia las manos en el pantalón, emprende el camino de regreso.

La tarde comienza a caer sobre el poblado.

El niño se detiene junto a la cerca que separa el terraplén de un cuartón inundado por las lluvias recientes.

Las vacas pastan en el margen opuesto.

La piedra lanzada, por debajo del brazo, surca el agua dos, tres, cuatro veces.

Repite el tiro.

En su casa, la madre cocina, y el padre prepara las varas, asegura los corchos al nylón, fija las plomadas y cambia los anzuelos por unos nuevos comprados en la valla donde la gente lleva los gallos a pelear.

Las piedras aplastadas peinan el agua y desaparecen bajo la superficie. Antes de recoger la lata, el niño ve a un pájaro picotear el lomo de una de las vacas. Por encima de su cabeza, las garzas vuelan rumbo a la costa como cada tarde. Aspira profundo el aire del campo. Algo se agita en su pecho: es la excitación que precede a la aventura.

El padre coloca las varas recostadas a la caseta del patio. Liquida de un trago el contenido del vaso. Son tiempos malos para los bebedores. El ron es un lujo. La gente, incluyendo al padre, bebe alcohol de farmacia o de alambique casero. El líquido se expande en su estómago, y siente un fogaje que le provoca una mueca. Se sienta en un desvencijado taburete, recuesta su espalda a la pared de la caseta. Es un día cualquiera, tras un breve esfuerzo piensa en el dinero, en el precio del alcohol, en el arreglo del refrigerador. Piensa en todo eso para no pensar en la laguna. Es el lugar donde menos le gustaría estar, prefiere el mar lejano, traslúcido, a esa laguna de aguas negras.

"Son pensamientos de mierda", murmura. "Pensamientos de mierda que...".

Y no se atreve a terminar la frase. Su vida es una mierda, sí; pero, al menos, le gusta llevar a su hijo a pescar, aunque deteste la laguna.

Piensa ahora en las biajacas fritas hasta los ojos, encharcadas en limón para que no le salga el regusto a tierra.

El hijo entra por el pasillo lateral fuera de la casa.

La madre le grita que no corra, que entre al baño.

En el naranjo las gallinas ocupan su lugar.

"La vida es una mierda, una mierda con altas y bajas, así, de sencillo", mascula el hombre.

"Por el camino vi un nido de tojosas. Cuando salgan los pichones, voy a traerlos pa'criarlos", miente el niño, aunque está seguro que criar pichones del pájaro que sea es un acto de responsabilidad, por eso el tono de madurez en su voz, no importa que se trate de una ingenua mentira.

Al padre le parece una buena idea, escarba en la tierra, echa una ojeada a las lombrices.

"Buen trabajo, campeón", le dice el padre.

El niño da un salto con el puño cerrado.

"¡Sííí!".

Una vez más.

Su padre.

Confía.

En.

Él.

Las madrugadas del niño en los días de pesquería son todas parecidas.

Primero, intenta leer algunos de sus libros, sin que jamás logre concentrarse en el viaje, ni en las ilustraciones, de los salvajes en busca del fuego de *Los conquistadores del fuego*, o en las aventuras de los niños náufragos de *Dos años de vacaciones*. Viene después el viejo truco de contar. En su caso no hay ovejas, solo números, a secas, exacto al cuaderno de matemática. Números que pasan por su mente como los peces que nadan en las aguas de la laguna. Luego se aburre y cuenta los ronquidos del padre, las tablas del techo. Así hasta que logra dormirse. Pero su sueño es inquieto, poblado de corchos que flotan y se hunden con las picadas de los peces.

Poblado de corchos.

Igual que esta noche.

Y justo antes de que los gallos canten y se repliquen de patio en patio, antes de que suene el despertador y sus padres se levanten, el niño está despierto.

La madre prepara el desayuno, y el niño se viste.

"Pon el agua y la comida a las gallinas", le pide el padre.

El niño sale al patio.

El sol es un esbozo naranja detrás de las lomas cercanas.

En el patio el gallo, después de cantar, hace su primer trabajo matutino encima de una gallina.

El niño vierte el pienso y el agua en las canales. Su mente está muy lejos, flotando en medio de la laguna, oculta entre lotos y malanguetas, al acecho de los peces incautos.

Acaban el desayuno, y cuando están en la puerta que da hacia el pasillo, la madre lo besa. El niño siente la costura de su cicatriz contra su mejilla. Es una sensación desagradable y que apenas logra disimular. Cada vez que le pregunta a la madre cómo se hizo la cicatriz en el rostro, le responde que fue un accidente.

"¿Qué tipo de accidente?".

Un accidente…

Salen al camino que los aleja del pueblo. El padre lleva una vieja mochila militar en la que van el agua, las galletas, el cuchillo, sus cigarros, la carnada y el radio portátil.

Caminan con paso rápido, cada uno con su vara al hombro.

Avanzan en silencio alrededor de dos horas, hasta que divisan el bosque de majaguas y salvaderas que franquea la orilla de la laguna.

La cercanía del manto de agua quieta hace que el corazón del niño comience a latir más veloz. La misma cercanía, sin embargo, oprime el pecho del padre. Como si del paisaje emanara un vaho caliente y pesado que lo ahogara. Respira hondo y le sonríe a su hijo.

Antes de llegar al bosque donde empieza la orilla, dejan detrás una rala cortina de matas de mango.

El niño camina junto a su padre y siente bullir la naturaleza a su alrededor. El olor de los aguinaldos blancos recién abiertos a esa hora. El canto de las palomas. El zumbar cercano de las abejas.

Cruzan el bosque por los trillos de pescadores y cazadores, y cuando llegan al otro extremo, la laguna se extiende ante ellos, inmensa hasta donde se pueden ver las torres de la línea de alta tensión que bordean la autopista que va hacia el oeste.

El niño mira emocionado el paisaje. Para sus ojos, es demasiada agua y demasiada distancia. Está convencido de que tardaría años en llegar a su casa si se extraviara en los montes de aroma o en los naranjales del valle de la margen opuesta.

Dejan el bosque detrás. Bordean un largo tramo de la orilla. Hoy pescarán en otro lugar. Andan, y el padre quisiera estar lejos. Lejos donde las olas mansas rompen en los arenales resplandecientes bajo el sol de la mañana.

"Es aquí", avisa el padre. "El pesquero es aquí".

El niño asiente.

Le gusta el lugar.

Cerca todavía yacen los restos de una cabaña en la que en otros tiempos se guardaban boyas, redes, botes y remos. Otros tiempos cuando en la laguna había merenderos, puestos de flores y miel de abeja, y la gente paseaba en botes los fines de semana, aun las mujeres y las niñas en batas de domingo.

Frente a ellos, un brazo de agua separa la orilla del pequeño islote que el padre llama "el pesquero".

Primero cruza el hombre para comprobar que el paso no es de fondo traicionero y que pisa firme. El simple hecho de estar ahí es difícil de soportar, cierra los ojos. Lleva la mochila en alto para evitar que se moje. Luego regresa por las varas y el niño. El hijo siente el agua fría encogerle los testículos. Camina en puntas detrás del padre con el agua hasta el pecho. El aire huele a plantas acuáticas. El niño se mueve y en el fondo, las algas rozan sus piernas. El roce sugiere el temor de acabar en las fauces de un monstruo —un inmenso caimán tal vez, de donde solo el padre podría sacarlo con su cuchillo de machete recortado—, lo que hace más excitante la sensación de aventura que lo embarga.

Una vez alcanzado el islote, el niño se quita la camisa y la pone a secar. El padre prepara el sitio para la pesca. Arroja algunas lombrices y migajas de pan hacia el agua, cosa de atraer a los peces hacia el pesquero. El niño coge una lombriz. Corta la mitad con sus dedos y uñas. El gusano se retuerce enloquecido en la palma de su mano. Deja la mitad en la lata y ensarta la otra en el anzuelo. Su padre toma la otra parte y repite la operación en su anzuelo.

Los dos corchos flotan a varios metros del islote.

Nada más hay que esperar.

Quizás tengan suerte y pesquen alguna trucha o alguna carpa, que las hay grandes, de las que doblan la vara y da trabajo sacarlas.

El niño se agita, deja la vara en el suelo, da unos pasos, regresa, toma la vara y, al ver que el corcho no se hunde, lanza el nylón en otra dirección.

Después, presa de la excitación, comienza a hablar.

Habla de un papalote invencible con cuchillas atadas en la cola.

De las escopetas de caza.

De que le gustaría tener un caballo.

El padre se limita a escucharlo. Hasta que le pide que haga silencio, pues espantará a los peces.

El hijo obedece.

Se queda quieto.

El sol asciende, devora la mañana por encima de las colinas jalonadas de palmas.

Una cadena de nubes grises, anuncio de las posibles lluvias de la tarde, se va hilando en el horizonte.

Primero, el niño pesca una biajaca. A esta le sigue una pequeña carpa.

El padre, a pesar de ser un pescador aplicado, no consigue sacar nada del agua. Mira su reloj y desea que el tiempo vuele.

Fuera de lo esperado, el aire comienza a soplar con fuerza, lo que hace que los corchos se muevan constantemente hacia la orilla.

Un viento bueno para empinar papalotes. Malo si vas de pesca, piensa el niño.

Sin importarles el viento, las libélulas aletean encima de lotos y malanguetas, alrededor del nylón y las varas.

El hombre está de espaldas cuando escucha una voz que saluda a su hijo.

Conoce esa voz.

Su cuerpo se estremece exacto a que si recibiera una descarga eléctrica en el espinazo.

Delante suyo, como arrojado sobre el islote por una ola que viene del pasado, está Godínez. El mismo lunar de sangre subiéndole desde el cuello hasta invadirle parte del rostro.

El padre se agacha despacio sin soltar la vara.

"Enséñame lo que has pesca'o, chama", le dice al niño.

El hijo saca la ensarta del agua con los dos pescados atravesados por las branquias.

Godínez hace una mueca y escupe hacia el agua.

El padre enciende un cigarro, aspira y suelta el humo con la vista fija en las malanguetas que flotan cerca de su corcho.

Godínez no debería estar aquí ni en ninguna parte. O al menos a miles de kilómetros del poblado.

"Con esa vara nunca vas a pescar na'que sirva".

El hijo se encoge de hombros y mira a su padre que continúa fumando sin apenas moverse, sentado con la vara entre las piernas.

Godínez no debería estar aquí.

¿Cuándo y por qué había regresado?

Tenían todo el tiempo del mundo porque la noche se les venía encima. Godínez y Beltrán estaban parados frente al novio. La mujer sollozaba tirada en el suelo. La herida que tenía en la mejilla se la había hecho Beltrán. Godínez se adelantó con la mocha de cortar cañas en la mano y se paró delante del novio que estaba con las manos atadas a la espalda. La mujer intentó incorporarse, y Beltrán se lo impidió empujándola con el pie. El novio levantó sus ojos aterrorizados hacia Godínez y, luego, miró hacia las negras aguas de la laguna.

"No hay más ná que hablar", dijo Godínez. "Te apretaron un poco y te partiste con la policía, vomitaste el cuento completico completico, y mira que te lo dije, solo tenías que perderte de allí y mantener la boca cerrá".

Beltrán le dio la razón a Godínez.

El novio no hablaba.

La mujer chilló, hizo por levantar el torso y volvió a desplomarse. La sangre no dejaba de fluir de la herida en el rostro.

"Sino dime cómo se enteraron de lo de Arturo", dijo Godínez midiéndolo con la mocha. "Y tú sabías que nosotros íbamos en esa, maricón, íbamos en esa hasta el final".

"Ahora tú y yo vamos a pescar uno grande", dice Godínez, y el niño siente el cuero de su mano recia deslizarse por su cabeza.

El muchacho, encantado porque otro adulto le presta atención, asiente. Desea saber cómo se las van a arreglar con el viento que hace.

"Vamos a poner tu nylón en mi vara que es más grande", explica Godínez, y arma su caña de metal flexible y ligero que, efectivamente, es más grande, mucho más, que la de su padre.

El niño mira al padre e interpreta que su silencio es señal de aprobación.

"¿Por qué vienes a pescar sin nylón y anzuelos?", pregunta el niño.

El hombre intenta incorporarse, decir algo, pero no puede. Su inacción es similar a una cuerda que lo ata y le impide cualquier movimiento.

"¿Cómo se llama tu mamá?", pregunta Godínez mientras toma el nylón y hace un nudo en la punta de su caña metálica.

"Lucía, mi mamá se llama Lucía, pero to' el mundo le dice Lucha", responde el niño.

Godínez hace un movimiento preciso y el anzuelo cae lejos del islote.

"A mí me gusta decirles Lucy a las Lucía, suena más de jevita ¿tú me entiendes? (por supuesto el niño no entiende ni le interesa ni siquiera lo escucha). Seguro Lucía es una mujer buena y te quiere mucho", dice Godínez sonriente, pero el niño no responde atento al corcho.

El padre cierra los ojos, los abre, observa los racimos de huevos de rana toro pegados a las hojas de loto que hay en la orilla del pesquero.

Godínez le puso la mocha bajo el mentón al novio. El joven temblaba tanto o más que la mujer. Sin poder evitarlo el novio rompió a llorar. Un llanto apagado y ridículo brotaba de su garganta. Beltrán rio y sacudió su cabeza.

"Aquí hay dos putas", dijo Godínez, y pasó la punta roma de la mocha por el cuello del novio.

El joven no paraba de llorar, lo que exasperó a Godínez.

"¡Cállate cojones!", lo amenazó.

El novio se tragó los mocos, intentó callar, mas un sonido sordo no paraba de salirle de lo profundo del pecho.

"¿Cómo tú sabías por dónde entrar y salir de la casa de Arturo si yo nunca te lo dije?".

"Las putas policíacas son las peores", acotó Beltrán.

La mención de la policía, o la solidaridad contagiosa del llanto, hizo que la mujer comenzara a sollozar otra vez.

"Lo que haga con este maricón va por Arturo", dijo Godínez.

"Entonces dale, tú sabe lo que más le duele a estas yeguas chivatonas".

Godínez sacó el nylón y lo arrojó lejos, adonde jamás alcanzaba la vara del padre.

El niño silbó encantado.

"¿Si pica me dejas sacarlo a mí?".

El padre arroja la colilla y ve cómo se deshace en el agua oscura. El sudor se desliza por debajo del sombrero, corre por su frente.

"Tú sabes lo que les gusta a estas yeguas…", insistió Beltrán.

"Ahora me vas a decir dónde está el dinero del collar y del motor", le dijo Godínez, e hizo un molinete con la mocha cerca del rostro del novio.

El niño se encuentra a mitad de camino entre su padre y Godínez. No piensa en la posibilidad de que su padre haya actuado mal por no impedir que el recién llegado le quitara el nylón y el anzuelo. Está muy lejos de la edad en que el parricidio comienza a ser atractivo. Piensa más bien que si el padre lo ha permitido, no hay nada malo en ello.

El novio recibió un planazo de mocha en la espalda, y Beltrán le arrancó la camisa de un tirón, justo en el momento que se levantó una bandada de totíes desde los árboles cercanos.

Una bandada de totíes sobrevuela la laguna y se posa en la orilla frente al islote.

De pronto, el corcho del niño, a pesar del viento, se hunde para volver a salir y moverse veloz hacia un lado.

Las manos de Godínez aprietan la caña.

"¿Me dejas coger la vara?", le pide el niño, y Godínez hace que se pare delante de él y le pone la caña en sus manos, retirándose un poco.

El corcho se mueve hacia uno y otro lado. Vuelve a desaparecer bajo el agua.

Las manos del niño se crispan alrededor de la vara.

"¡Dale, coño, jala!", apremia Godínez.

El padre mira a su hijo. ¿Cómo podía regresar a la laguna? Es ahora mismo lo único que no alcanza a perdonarse.

El novio no sabe nada de ese dinero, explica con voz quebrada.

"A una puta chivatona na'má se le ocurre traer a otra puta a la laguna con tanto singao suelto por ahí", dijo Godínez, y su sarcasmo hizo que la mujer gritara.

En lugar de cebarse en la mujer, Beltrán golpeó al novio en el estómago, y este cayó al suelo.

"Arrástramelo hasta aquí", ordenó Godínez.

Y lo último que vio el novio fue el filo de la mocha que Godínez esgrimía.

El niño tira fuerte hacia arriba, y la trucha sale agitándose del agua. Da un giro con la vara sin soltarla y Godínez coge la trucha. La saca del anzuelo, y el animal, que no cesa de moverse desesperado, se le resbala de las manos y cae al suelo boqueando, sin dejar de agitarse en pequeños saltos. Los terrones se adhieren a su cuerpo pegajoso. Y antes de que la trucha llegue al agua, el padre le pone la bota encima.

"¡La cogí yo!", grita el niño entusiasmado. "¡La pesqué yo!".

El hombre se estremece sin dejar de mirar a su hijo.

"Me corto los güevos que este bicho pesa más de tres libras", dice Godínez, y atraviesa las branquias del pez con el alambre de la ensarta.

El niño toma la ensarta y observa la trucha de cerca. El cuerpo blancuzco y amarillo, oscuro en el lomo, salpicado en la panza de manchas negras, la boca grande y gruesa. Los ojos inexpresivos a punto de saltar reflejan los movimientos humanos que le rodean.

Godínez mira satisfecho a su alrededor. En ningún momento ha dejado de espiar al padre.

"Te regalo la vara", le dice al niño.

El hijo mira a su padre. No ve nada condenable en aceptar el regalo. Toma la caña, le pone una nueva lombriz y lanza lejos el anzuelo, contento, sin dejar de notar lo extraña que, a veces, son las personas mayores.

Tira el anzuelo varias veces y, cuando va a darle las gracias por su regalo, advierte que Godínez casi alcanza la otra orilla con el agua a la cintura.

"¡Gracias, señor!", grita el niño.

Godínez se vuelve y le hace un gesto.

"¡Gracias!", repite el niño.

El padre ve a Godínez alejarse, se incorpora y se vuelve hacia su hijo.

"¿Por qué dejaste que te quitara el nylón con el anzuelo?"

"Me regaló su vara", responde el niño.

El hombre se quita el sombrero.

"Olvida esa vara de mierda, ni tú ni yo conocemos a ese tipo, ¿comprendes?",

El niño no entiende la reacción de su padre. Pregunta por qué y comienza a sollozar.

"Te voy a regalar una mejor", intenta consolarlo.

Pero, en lugar de callarse, los sollozos del niño se convierten en llanto.

"También quiero regalarte un caballo pa'fin de año, te lo prometo, tengo guarda'os unos pesos ahí pa'eso".

El niño se limpia la nariz, se enjuga los mocos.

El padre le quita la vara, retira el nylón, la desarma, tras mucho esfuerzo logra doblar las piezas de metal liviano y los lanza al agua sin que el niño lo mire una sola vez.

Al llegar a la casa, la madre prepara los pescados y el niño se va a jugar.

La pareja se queda sola, y el hombre se sienta a escuchar la radio.

Así, sentado junto al aparato, permanece hasta la hora de la comida. Escucha sin prestar atención pues su mente está muy lejos, un juego de béisbol, luego cambia de estación y escucha otros programas, sin detenerse en ninguno mucho tiempo. La mujer trajina en la cocina y cada vez que lo llama para preguntarle algo, el hombre no responde o finge no escucharla. Después se levanta y va a buscar al hijo a casa de la vecina. Lo imagina haciéndole el cuento de la caña de pescar, la trucha y la promesa del regalo del caballo a todo el mundo.

La madre le sirve a su hijo una porción de trucha frita y le dice que tenga cuidado con las espinas.

El niño deshace la carne blanca debajo del pellejo frito.

Comen en silencio.

La mujer siente preocupación por su esposo tan raro desde que regresó de la pesquería.

"El hombre que me ayudó a pescar la trucha también me regaló su vara, pero papá la rompió, dice que no puedo aceptar regalos de gente extraña".

"Tu padre tiene razón", confirma su madre, y se lleva un trozo de pan a la boca.

"El hombre tenía un lunar de sangre en la cara", dice el niño, sin dejar de mirar la cicatriz en el rostro de la mujer, y a la madre se le atraganta el pan en la boca, deja de masticar, mira a su esposo.

El hombre evade su mirada, acaba de comer, se levanta y sale de la casa. Camina sin rumbo fijo. Llega al parque que a esa hora está bastante animado. Se sienta en uno de los bancos cerca del asta de la bandera y comienza a esperar mientras escucha historias de béisbol, putas y maricas.

Pasadas las doce regresa a su casa, entra por el pasillo lateral, abre la caseta y toma de la última división un envoltorio de saco de yute. Lo abre…

Dentro hay una mocha.

Sabe dónde está y cómo encontrarlo.

Corta camino. Da rodeos. Evita casas y postes de alumbrado. Entra en un patio por la parte que da a la línea del ferrocarril.

El olor a galán de noche es intenso en esta época del año.

Le gusta.

Atraviesa el patio, llega al fondo de la casa y abre despacio la ventana. En su mente lo ha hecho cada noche antes de dormirse, en esta casa y en otros cientos de lugares.

En la habitación, Godínez duerme debajo de un mosquitero.

Escucha el canto de los grillos.

Godínez no debería estar aquí.

Se desliza por la ventana. Toma una silla y se sienta al lado de la cama. Extiende el envoltorio sobre sus muslos. Saca la mocha, le gustaría ver la luz de la luna en la hoja de acero, pero es noche cerrada, de estrellas y cantos de grillo.

Godínez duerme con respiración agitada. En ese momento sueña que vuela, que su cuerpo ligero e ingrávido se eleva lejos del suelo y la gente. Asciende colmado de una sensación de bienestar nunca antes experimentada. Y aún en medio del sueño repara en que jamás ha soñado nada semejante.

## LA SOMBRA DEL ARCOÍRIS

Cuando llegué a Saint Catherine el desfile estaba en pleno apogeo.

Una carroza repleta de maricones árabes pasaba junto a la acera atestada de público. Los árabes llevaban grandes fotografías y pancartas, en arábigo, y aunque no entendía nada de lo que decían, me gustó. No era difícil darse cuenta de que clamaban por el derecho de estos pueblos a no sufrir hostigamiento por sus preferencias sexuales en sus países de origen. Hacía poco había leído una noticia sobre unos homosexuales lanzados desde la azotea de un edificio por efectivos del Estado Islámico en Mosul, Irak.

Los de la carroza que se alejaba corrieron mejor suerte.

De veras me alegré por ellos.

Las aceras a ambos lados estaban atiborradas de gente. Ancianos, mujeres, hombres, niños, familias enteras, sentadas al borde de la avenida disfrutaban del desfile.

Detrás de la carroza de los árabes, seguía la del Royal Bank, engalanada con los colores de las tiendas IKEA que son los mismos de la bandera sueca. Encima de la tarima se movían algunos hombres y mujeres en trajes de baño y bikinis emplumados. A pesar de la música y el desenfado de sus vestuarios estos parecían, dadas sus caras de martirio con las que asumían la coreografía, empleados que habían sido separados de sus oficinas y operaciones numéricas hacía diez minutos y encaramados en una carroza con el fin de hacerlos desfilar, por eso de que el RBC no podía quedarse a la zaga de la epopeya de la bandera del arcoíris.

A continuación de la carroza del RBC, venía una banda de música, alegres bastoneras y músicos de a pie, todos de sexo indescifrable, que se hacían acompañar de gimnastas y tragafuegos.

Aunque no podía compararlo con los de otros de años anteriores, pues era la primera vez que asistía a uno, me gustaba el desfile.

En algún momento pensé que los árboles que bailaban detrás de la banda no eran otra cosa que un nuevo tipo de transgéneros que había dejado en el pasado su atávica figura de hombre o mujer para convertirse en árboles, no tan grandes como los que aparecen en *El señor de los anillos*, parte dos, pero más o menos se cumplía el resto, me refiero al garbo a la hora de andar y la simpática gestualidad que desplegaban. Deseché la idea al comprobar que gajos y hojas eran de material sintético. No obstante, me quedé intrigado por la relación del disfraz con el perfil y las motivaciones de la parada. El rollo de los tragafuegos podía imaginármelo, pero aquellas plantas danzantes…

Vi pasar a las mismas compañías a las que meses tras meses les pagábamos recibos sin falta. Bell. Videotron. Hydro-Quebec. El resto de los bancos. Costosas y bellas carrozas seguidas por representaciones de inmobiliarias, comunidades e instituciones.

La vista de un grupo de transexuales me hizo reflexionar en las profundas raíces que la transformación de algo en su antítesis tenía anclada en el marxismo leninismo. Uno de los aspectos más interesantes de la puesta en práctica de esta corriente de pensamiento eran las victorias del hombre en su lucha por la transformación de la naturaleza en bien de la comunidad. Desde esa perspectiva, veía el cambio de sexo exactamente igual que el desvío de ríos, la conversión de los yermos, pantanos y desiertos en zonas cultivables, la construcción de canales y grandes represas, la creación de super-vacas y superpollos.

¿Lo sabrían ellas y ellos?

Me temo que no.

Agotada la marcha de los transexuales de inspiración marxista leninista, desfilaron escuelas, universidades y cuando creía que lo había visto todo, y comenzaba a aburrirme, al punto de poder pasar unos diez años sin ver otro día del orgullo gay, cerraba la procesión un hombre que tenía colgado al cuello un gran cartel que decía "Usted puede darme un abrazo gratis", debajo había unas siglas junto a la imagen de un condón sonriente. El tipo iba de brazos en brazos. Mujeres y hombres se apretujaban contra él y se tomaban fotos congelando el cálido momento para la eternidad y sus cuentas de Facebook e Instagram. Un negro gordo parecía asfixiarlo entre sus extremidades de anaconda. Cuando el hombre por fin logró liberarse de la enorme serpiente, trastrabilló y se vino al suelo delante de mí. Se puso de pie, se acomodó el cartel, recuperó su compostura, nos miramos, y entonces, lo reconocí.

"Tú sabías que Máximo Gómez, tu tocayo, se murió de tanto dar la mano, así que imagínate con el abrazoteo".

Apenas pude acabar de hablar cuando el mismo hombre que lo había soltado hacia unos instantes, volvió a abracarlo como si se tratara de un luchador rival. Una vez satisfechas sus ansias, se lo pasó a dos mujeres que venían con él.

"¿Qué tú haces aquí?", preguntó cuando pudo liberarse del trío.

Antes de que una mujer inmensa, envuelta en la bandera del arcoíris, alrededor de cien kilos de tolerancia, se abalanzara contra él con intenciones de apachurrarlo hasta la asfixia seguramente, Máximo se quitó el cartel del cuello. La mujer siguió su camino con rostro de enfado. Era mi turno, y despejado el panorama, nos fundimos en un caluroso estrujón.

"Esto no es idea mía", explicó mientras nos separábamos. "La gente de un Condón Lleno de Amor me paga treinta dólares la hora por dejarme abrazar gratis el tiempo que dure el desfile".

Máximo y yo hacía más de veinte años que no nos veíamos. Nos habíamos conocido en un mal momento de nuestras vidas. Nada más y nada menos que en el Hospital Siquiátrico de La Habana, sala Rogelio Paredes. A pesar del tiempo transcurrido, Máximo envejecía con dignidad. A diferencia de mí que estaba casi totalmente calvo, para no hablar del volumen de mi barriga del que no podía desasirme por mucho que lo intentara.

"Te invito a tomar algo", le dije, y Máximo arrojó el cartel en un cesto de basura reciclable.

"Ya está, hombre libre del capital".

La parada llegaba a su fin con la caída de la tarde, y la multitud se retiraba por todos lados.

Entramos en un café.

Nos sentamos y antes de hojear la carta quise preguntarle…

"Sí, soy gay, desde chiquito, creo", confesó adelantándose a mi pregunta.

Nos reímos.

Me lo imaginaba.

Nos pusimos al día.

Máximo había sido comisario del Museo de Bellas Artes y en su primer y único viaje al extranjero, desertó para acogerse al estatus de refugiado. De eso hacía más de diez años. Había comenzado su vida fuera de Cuba en Toronto y desde hacía varios años, vivía en Montreal.

"¿Y tú?".

"Vine hace tres años como trabajador calificado con mi mujer y mis dos hijas. Ellas están ahora en Miami visitando a mi suegra".

Pedimos té verde y cruasanes para los dos.

Hicimos silencio.

No era un silencio incómodo.

Estaba feliz del reencuentro con Máximo, de comprobar que habíamos sobrevivido a la experiencia de haber estado recluidos en un hospital para enfermos mentales y ahora éramos hombres completamente, o casi, normales.

"¡Nuevo ingreso! ¡Nuevo ingreso!", llegó a mí la voz de Teodoro a través del tiempo y la memoria. Me vi otra vez subiendo la escalera que iba desde la acera al portal de la sala. Yo delante con el maletín, mis padres detrás.

Sin evitarlo apenas, Teodoro me arrebató el maletín de las manos y desapareció dentro de la sala mientras una enfermera nos recibía.

"Es Teodoro, no pasa nada con tu maletín", explicó.

Recuerdo que miré a los rosales junto al portal para evadir la mirada triste de mis padres.

Seguíamos en silencio.

"¿Tú te acuerdas de Teodoro?", se adelantó Máximo por segunda ocasión y supe que, a pesar del tiempo pasado la experiencia del hospital no solo nos había marcado, sino que nos conectaba más allá del presente.

"Ahora mismo estaba pensando en él, en su manera de recibir a los nuevos ingresos".

Pocas veces me acordaba de Máximo, aunque habíamos llegado a tener una buena amistad. Toda la que pueden entablar dos jóvenes en crisis que coinciden en un hospital siquiátrico. Sin embargo, nunca he dejado de pensar en Teodoro. Uno lo veía y no podía decir qué edad tenía. Era mayor que nosotros, pero parecía un niño grande, quizás por su manera de moverse y su comportamiento siempre impredecible. A veces actuaba como un niño, otras decía cosas inteligentes y, a la vez, tan desconectadas de cualquier experiencia a la que podía asociársele que te hacían pensar en inesperados ángulos de las más diferentes situaciones. Luego, tras aquellas genialidades, regresaba a su estado cotidiano, lo que lo convertía, al menos para mí, en un ser realmente incomprensible. A veces ni siquiera me imaginaba en profundidad cuál era su sentido del bien y el mal.

No obstante, apenas me preocupaba por Teodoro. El hecho de estar completamente abatido y concentrado en mi depresión y en las causas de mi malestar, no me hacían reparar en el prójimo mucho más allá de un leve interés que pronto dejaba a un lado.

En algún momento, Teodoro fue a dar a la sala muchísimo antes que nosotros. Durante el tiempo que permanecí ingresado, jamás supe por qué estaba allí y no en otra parte. No estaba loco. Ni tampoco era normal del todo, desde ese punto de vista no desentonaba con la mayoría de los pacientes. No estaba adscrito a ninguno de los dos bandos en que se dividían los enfermos: los drogadictos y alcohólicos, de un lado, y los que padecían de enfermedades siquiátricas y/o problemas nerviosos, del otro. Máximo, en su condición de adicto a los sicofármacos mezclados con alcohol —cosa que lo llevaba a cometer locuras, grandes locuras dentro de las cuales las de carácter incendiario eran no solo las más comunes, sino las favoritas. En su haber, tenía haberle pegado fuego dos veces a su casa y una a la casa de su abuela—, pertenecía al primer grupo, y yo me debatía en el espectro que contenía al segundo. En el limbo entre los dos grupos, flotaba Teodoro, cantando canciones cristianas que decía se las habían enseñado las monjas a cargo de su educación primaria. En ese limbo habitaba como un ángel sin alas, siempre detrás de las enfermeras, lejos de los demás pacientes.

A diferencia del resto de los enfermos, Teodoro no recibía visitas ni salía de pase ni le recetaban *electroshocks* ni jamás hablaba de su familia, si es que la tenía. Muy pronto me di cuenta de que ni mejoraba ni empeoraba como se esperaba de cada uno de nosotros.

En fin, Teodoro vivía en la sala.

Eso era muy triste, aún para alguien como él.

En una ocasión entré al salón de charlas y vi a Teodoro enseñándole la letra de una de aquellas canciones que tenía escrita en la pizarra a otro paciente. La cosa no me hubiese llamado la atención, de no ser por el hombre que estaba sentado delante de Teodoro. Era un enfermo que casi todo el día se quejaba de que le dolía el pene. No de un leve dolor, sino de un dolor insoportable. Al menos no se quejaba de ningún problema nervioso. Su contrariedad estribaba en que estaba inmovilizado de las dos manos debido a un fatal accidente, lo cual le impedía deshacerse de su fastidioso y atormentado apéndice. Los doctores le explicaban que no podían amputárselo así como así, sin poseer una verdadera razón y que su padecimiento era imaginario. Y él insistía en pedirnos que lo ayudáramos, no importaba el paciente que fuera, a superar su calamidad cortándole el pene de favor. Era un milagro, debido al material humano y el lugar, que no se hubiera ofrecido un voluntario aún. Ahí estaba el pobre tipo sentado, balbuceando la canción que Teodoro le enseñaba con los ojos entornados, olvidando, al menos por un rato, su padecimiento inexistente.

"Exacto, le gustaba darle la bienvenida a los nuevos que llegaban".

El té en mi taza había pasado del verde al carmelita oscuro.

Bebí despacio.

Máximo dejó de jugar con su servilleta.

"Teodoro era hijo de un funcionario del gobierno", dijo, y me miró a los ojos esperando mi reacción.

Pero qué importaba eso ahora, en Montreal, al cabo de tanto tiempo.

"De un tipo del gobierno que murió en un accidente de ferrocarril en Praga cuando Teodoro tenía dos años".

"Nunca oí esa historia".

"Al poco tiempo de nacido, su madre se le escapó al funcionario en un yate con uno que había sido su amante".

"Teodoro era hijo de un culebrón".

"Cuando la madre se enteró de la muerte del funcionario, parece que sintió remordimiento e intentó reclamarlo, pero ya Teodoro era propiedad del gobierno revolucionario".

A tanta distancia en el tiempo y el espacio, toda aquella información se me antojaba separada de mi vida pasada y presente por mucho que, a veces, recordara a Teodoro.

"El culebrón sigue. Como nadie quería hacerse cargo de él, la abuela que lo criaba fue quien se lo dio a las monjas antes de morir".

El resto era fácil de imaginar.

Acabé mi té y pensé que el tema de Teodoro estaba agotado.

Quise hablarle de mi nuevo puesto de trabajador en un cementerio para veteranos del ejército, Last Post Fund National Field of Honour, luego de haber sido estibador de gomas de auto y fregador de coches. Me moría por contárselo a otro cubano, cómo semanalmente pasaba la cortadora por el césped, podaba los gajos secos de los arbustos, plantaba flores, escardaba el césped de malas hierbas y la guinda del contenido de mi trabajo: sepultar cenizas de cadáveres bajo las miradas atentas de mi jefe y los familiares del incinerado.

Entraba en materia cuando Máximo me interrumpió.

"Tú sabías que Teodoro y yo estuvimos enamorados, ¿nunca nadie te contó?".

Después de decirlo, me escudriñó con sus ojos nuevamente en busca de mi asombro.

En lugar de agregar algo al comienzo de mi cuento, me recosté al espaldar de la silla.

El silencio que flotaba entre los dos se hizo denso debido a la expectativa de Máximo.

Realmente no pensaba que algo así podía haber sucedido. Mi actitud fue la esperada por Máximo para continuar su historia. Comprendí que necesitaba contarle a alguien aquel capítulo de su vida. Mis deseos de hablarle a alguien de mi nuevo empleo palidecieron ante la dimensión de su experiencia. Era preferible escucharlo que hablar de cenizas, agujeros, adioses postreros y flores plásticas sobre las tumbas. Así que decidí sacrificar mi historia.

"Fue después que a ti te dieron el alta. Mucho después. Un día llevaron a un boliviano, mandado a desintoxicarse a Cuba porque era hijo de un dirigente comunista de allá. El muy remaricón nada más cayó en la sala, intentó violar a Teodoro varias veces. Ese fue el destape, al boliviano le siguieron otros. La sala estaba llena de maricones tapados. Al parecer los que no tenían sexo con las locas de la sala de al lado, lo buscaban en el mismo pabellón".

Máximo me develaba un mundo que nunca percibí en el hospital durante mi estancia de tres meses.

"Los enfermeros y custodios de noche poco podían hacer, y sabes, cuando estás en un hospital siquiátrico puedes hacer lo que se te ocurra que no te va a pasar nada. Nada que no sea demorársete la salida o recibir una buena cuota de corrientazos en el cerebro. De pronto Teodoro, aunque no creas que él era fácil, pues a su manera sabía defenderse, se convirtió en algo codiciado. Todos aquellos bugarrones lo querían de todas, todas. Hubo hasta broncas entre ellos. Entonces comencé a protegerlo, a reprenderme por él a cualquier hora, porque era tremenda hijeputá lo que le estaban haciendo".

"Me alegro de no haber estado en la sala en ese tiempo".

Una camarera vino hacia nosotros y pude verle las letras chinas tatuadas en el cuello. ¿Qué podía decir allí? ¿Algo profundamente trascendental? ¿O los neutros y atemporales Hecho en China, Manténgase fuera del alcance de los niños, Agítese antes de usarse, Mantener en lugar seco y frío? ¿Sabría ella el significado de los ideogramas que llevaba estampados en el cuello?

"Manténgase fuera del alcance de los niños", dije y Máximo me estuvo de acuerdo, aún sin saber por qué lo decía.

La mujer se retiró con las tazas vacías y las bolsitas usadas.

"¿No me crees lo que te cuento?".

"Si non e vero e ben trovato", dije en mal italiano.

Reímos.

La camarera trajo dos nuevas tazas de té.

Mi amigo comparó el té verde con el agua de las peceras.

"Teodoro y yo no solo estuvimos enamorados, sino que fuimos pareja y vivimos juntos por un tiempo fuera del hospital", continuó Máximo y acentuó la última frase, seguro de que introducía un nuevo y sensible elemento en su historia que sin dudas suscitaría mi interés.

Había dado en el blanco.

Quise saber.

Trataba de imaginar lo difícil que podría haber sido la relación entre dos homosexuales cubanos en aquellos años y dentro de un hospital siquiátrico, donde acechaban los *electroshocks*, las correas de cuero para sujetarte a la cama, los somníferos de gran efecto. Se lo dije y me dio la razón.

"Pero gracias a habernos conocido en cautiverio, viví los dos meses más felices de mi vida en Cuba y seguro que en la de Teodoro también".

"No lo dudo, he visto películas de ese tipo de historias hasta en los campos de concentración alemanes", reconocí mientras agregaba azúcar al té. "Me imagino, ustedes protegiendo su amor prohibido y media sala tratando de impedirlo".

Sonreí.

"Ahí no acaba la historia, el cuento apenas comienza".

Pensé en lo extraño del encuentro con Máximo y en que al menos yo estaba conciliado con aquella oscura página de mi vida, a pesar de los tantos recuerdos que de ella conservara. Me alegré y hubiese estado en el café escuchándolo toda la noche. Máximo sabía contar historias y esto último, repito, había redoblado mi interés.

"Si me pagas la mitad de lo que te pagan por andar por ahí abrazándote con todo el mundo, cuéntame lo que desees", bromeé.

"Está bien, me parece justo".

Nos echamos a reír.

Varias personas miraron hacia nuestra mesa.

"¿Entonces?".

"Por esa época me sacaban a trabajar fuera de la sala y a veces también del hospital y pude esconder dos mudas de ropa de calle robadas, gracias a la ayuda de una empleada de limpieza con la que tuve que tener relaciones sexuales. Todo por la causa. Tenía la ropa guardada, pero no tenía ningún plan concreto de cómo escaparme con Teodoro, cuando trajeron a Antonio, un guajiro de Pinar del Río que estaba más loco que una cabra. En aquel tiempo le decían ateroesclerosis, ahora se llama Alzheimer. Antonio, aún en la sala, seguía haciendo el mismo ritual de toda su vida, le echaba comida a las gallinas, mudaba las vacas de lugar, miraba al cielo para ver si iba a llover, hablaba el día entero en una jerga de cosas de siembra y animales que nadie entendía. Una vez tuve que ir a buscarlo a la laguna de oxidación del hospital, adonde se había escapado porque allá creía que tenía su ganado. A la vuelta, en un momento de lucidez, Antonio me contó de dónde venía, que vivía solo, de cómo lo habían sacado de su casa para traerlo a La Habana, del dinero que tenía dentro del colchón, la más grande fortuna de Pinar del Río. Uveral de Herrera se llamaba el monte junto a la costa, un lugar donde el ruido del mar te sonaba hasta dentro de la cabeza por mucho tiempo si te alejabas de la costa. Luego me dijo que pusiera mi oreja contra la suya para que oyera el ruido del mar de Uveral de Herrera. Lo complací y le dije que sí, que lo escuchaba, que las olas debían ser muy grandes y el guajiro estuvo complacido. Esa noche no pude dormir y tuve la completa revelación del plan que andaba buscando. Era muy sencillo, averiguaría la dirección, luego me escaparía con Teodoro y con base en la costa trataría de salir del país en una balsa o lo que fuera. En aquel momento me parecía un plan simple y genial, así andaba mi cabeza.

"Una madrugada, en un descuido de los custodios, abrí con un gancho de pelo el cuarto donde se guardaban las ropas de calle y las pertenencias de los pacientes. La sorpresa fue que no solo encontré la dirección de Antonio en su carné de identidad, que efectivamente era en Uveral de Herrera, sino un juego de llaves. Tenía las ropas escondidas, la dirección y las llaves de Antonio, nada más debía pensar en la forma de escapar del hospital. Una vez más fue la empleada de limpieza quien me ayudó. Mientras singábamos en el cuarto donde se guardaban los instrumentos de limpiar, mi cabeza estaba en Uveral de Herrera y no la penetraba a ella, sino a quien tú sabes. Me esforcé tanto durante una semana que fue ella quien habló con un camionero amigo de su padre para que nos sacara del hospital, además de darme el dinero para el tipo y algo para el viaje, aunque nunca le dije para dónde nos íbamos. No entendía qué tenía otro loco, es decir, otro macho, que no tuviera ella. Para su consuelo solo pude decirle que tampoco yo lo entendía. Llegar al camión fue fácil. Los miércoles nos sacaban a jugar pelota, a dibujar, a armar escobillones y podíamos movernos libremente por el área del estadio y los talleres que estaban cerca de la salida, a fin de cuentas, el hospital no era una cárcel. Le había ocultado mi plan a Teodoro, pero constantemente le hablaba de lo lindo que se sería fugarnos del siquiátrico e irnos a vivir juntos. A él le encantaba la idea, incluso, le agregaba detalles de su imaginación, tanto a la fuga como a nuestra vida después. No se lo dije hasta la noche anterior. Desde que nos levantamos no se despegaba de mí, le resultaba difícil ocultar su excitación. La empleada le había dado la ropa al camionero y este nos la entregó antes de escondernos en la parte trasera del camión".

Máximo hizo una pausa.

Bebió unos sorbos de té.

La historia que me contaba era mejor que la mayoría de las películas vistas en los últimos meses.

"Teodoro estaba emocionado, era la primera vez que iba a salir del hospital desde que estaba ingresado. Y escondidos entre gomas de repuesto y otros tarecos, pegados el uno al otro, y sin dejar de besarnos y tocarnos despacio, abandonamos el hospital por la entrada principal. Al cabo de unos minutos salimos de nuestro escondite. El aire nos daba en la cara. Mirábamos el paisaje sin soltarnos de las manos. Lo habíamos logrado. El chofer nos dejó en la autopista. Ni siquiera contó el dinero que era dinero de mujer. 'Que la pasen bien', nos dijo, pero veía en sus ojos que, en realidad, me estaba diciendo 'Ojalá los cojan troncos de maricones y los vuelvan a encerrar'. Nada más se alejó el camión, Teodoro comenzó a vomitar. Ahora él también era un hombre libre".

Hizo una nueva pausa.

Volvimos al té.

Máximo picó algo de los cruasanes.

Afuera comenzaba a anochecer.

Deseaba saber cómo acababa la historia de los dos personajes perdidos en la costa pinareña. Imaginé a Teodoro con un vestido de flores esperando a su amor en la puerta del bohío, mientras este traía las viandas para el ajiaco criollo. Se lo dije y nos echamos a reír.

"Estás muy lejos de la verdad", dijo.

"Solo estaba recordando en Cerca del arroyo, una canción de la Estudiantina Invasora".

Le canté un fragmento de la letra que hacía referencia al ajiaco criollo, a la vida bucólica en una casita hecha de maderas del país.

"¿Una casita hecha con maderas del país, qué significa eso?"

"Ni idea…"

"Muy lejos, te repito. Desde la autopista llegamos en botella esa noche hasta Pinar del Río. Pasamos la madrugada en un parque con unos tipos del ambiente que nos dijeron cómo llegar a Uveral de Herrera, el culo del mundo, según ellos. Teodoro estaba un poco asustado, no paraba de mirar a nuestros inesperados amigos. A las doce le di sus pastillas, de las que me había robado una buena provisión. En un momento pasó una patrulla y quise que la tierra nos tragara. La pierna de Teodoro temblaba ligeramente. Uno de los policías le tiró un beso a alguien del grupo y le dijo: 'Putica, ¿qué volá?'. Al darse cuenta que había caras nuevas, el besuqueón se bajó de la patrulla y vino hacia nosotros. Nos pidió la identificación y, cuando le iba a entregar la mía, Teodoro no tenía ni nunca tuvo, creo, lo llamaron del carro. Algo más importante pasaba en otra parte que estar pidiéndoles el carné de identidad a dos maricones que no conocían. Teodoro y yo nos miramos aliviados. La patrulla siguió su recorrido. Pasado el incidente, los tipos del parque comenzaron a contarnos de sus aventuras e incursiones nocturnas a cuanta unidad militar se pudiera ir lo mismo a pie, que en bicicleta, que en guagua. Nos contaban y yo acariciaba el muslo de Teodoro marcando territorio. Rechazamos sus propuestas de irnos con ellos a pasar el resto de la noche, y de paso, 'hacer alguito'. Se fueron avanzada la madrugada, y a las cinco de la mañana, salió la primera guagua para Guanes. En Guanes desayunamos, y de ahí, seguimos en camión hasta Uveral de Herrera. El camión, repleto de guajiros que no nos quitaban los ojos de encima, daba tumbos por terraplenes y carreteras en mal estado, y Teodoro disfrutaba el paisaje tan diferente a lo que había visto hasta ese momento. A mediodía estábamos en la costa. Dar con la casa de Antonio no fue difícil".

Cortó la narración para acabar con el cruasán y tuve que admitir que Máximo, además de un maestro de la narración, dominaba el secreto de las pausas como nadie.

"Es como si Julio Vernes o Emilio Salgari hubieran escrito una novela de aventuras de tema gay", le dije, y a Máximo le gustó el piropo literario.

Una pareja de jóvenes entró al café y se sentó muy cerca de nosotros. La muchacha llevaba un vestido corto y su manera de cruzar las piernas hizo estragos en mí. Tuve la certeza de que jamás volvería a acariciar unas piernas tan rotundas y deseadas como aquellas.

Miré a mi amigo.

"No lo deseo, pero puedo sentir tu angustia", dijo Máximo.

"No es tan duro...", dije y me asombró el tono de resignación de mi propia voz.

"También lo sé".

Callamos.

Regresamos al té.

No tuve que pedirle que continuara.

"Aunque no se lo dije a Teodoro, pero aún con la dirección del lugar, sentía temor de que Antonio no me hubiera dicho la verdad, de un hombre en su estado uno podía esperar cualquier cosa y lo que yo interpretaba como un instante de lucidez, podía ser una variación de su delirio. Y no, estábamos allí. El panorama era desolador, el culo del mundo era azul y apenas había casas por los alrededores, la más cercana quedaba bastante lejos. La costa era pelada y árida, llena de plantas espinosas, batida por las olas. A cientos de metros, se escuchaba el ruido ensordecedor del mar. Miré a Teodoro parado sobre los arrecifes con los ojos perdidos en la inmensidad y, ¡cojones!, ahí fue que me di cuenta de que jamás había visto el mar".

Sí, podía ver al pobre Teodoro parado en la orilla del mar, listo a lanzarse como una Alfonsina Storni escapada de un manicomio.

"¿Y tuviste que impedirle que se tirara desde las rocas?".

"No, lo que hice allí parado en los arrecifes fue bajarle los pantalones".

"Ajá".

Sabía de lo que hablaba.

Lo había experimentado muchas veces, y caí en la cuenta de que había sido en Cuba, en mi juventud, con mujeres jóvenes como yo y que esa experiencia quizás tampoco volvería a vivirla. Se apoderó de mí la misma angustia que hacía unos minutos. Se lo dije a Máximo e hicimos silencio, poseídos por el nuevo e inesperado rapto de zozobra y nostalgia compartido a partes iguales, aunque por diferentes motivaciones del deseo.

No tuve el valor de mirarle las piernas a la muchacha de la mesa de al lado otra vez.

"Coño, Máximo y eso que es verano, esto es angustia de treinta bajo cero", dije, y nos reímos de la burda simpleza, y la vez de la complejidad, de nuestras congojas.

Afuera había oscurecido completamente.

"La casa de Antonio era un desastre, mitad choza mitad bohío, sin embargo, allí tuvimos nuestra primera noche de novios (suspiró) ¡Teodoro era virgen, coño!".

Retornó el silencio.

De nuevo vi las letras chinas tatuadas en el cuello de la camarera.

"La casa de Antonio era la covacha de un enfermo solitario, pero nos las arreglamos, limpiamos, organizamos, y todo el tiempo le hablaba a Teodoro de que en Estados Unidos viviríamos mucho mejor. Además, me quedaba algún dinero del que me había dado mi amiga la empleada, y dentro del colchón del viejo, no encontré la mayor fortuna de Pinar del Río, pero Antonio tenía escondida una buena cantidad en billetes de a veinte nada más. Iba al pueblo a comprar comida, y por los caminos, la gente vendía cualquier cosa, desde ropa usada hasta veneno para ratones. Las escasas veces que alguien se acercó a la casa le decía que era hijo de un primo de Antonio que vivía en La Habana y que estaba allí viviendo una temporada, hasta que él regresara del hospital. Era una pena, decían, y yo pensaba que quizás eran la soledad y el ruido del mar lo que lo habían precipitado al mundo del Alzheimer. Una tarde hasta les hice café a dos reclutas guardafronteras que se acercaron a la casa en medio de una ronda. Me metí en mi mejor papel de macho, el mismo que singaba con mi amiga la empleada, y les dije que nosotros éramos hermanos y que yo estaba de visita en casa de Antonio escribiendo mi tesis de la universidad. Eran tan jóvenes como nosotros y, al final, nos prometieron que regresarían en la próxima ronda. Así estuvimos no sé cuántas semanas, apenas comenzaba a hacer indagaciones en el tema de la salida del país, estaba siguiendo dos o tres buenas pistas, cuando el tiempo cambió de repente. Una mañana el cielo amaneció gris plomo y el mar se desbocaba abajo contra los arrecifes. Un ciclón se acercaba a la provincia por el sur. Hacía días que no iba al pueblo y no sabíamos nada, no teníamos ni siquiera un radio de pilas. Comenzó a llover por la tarde, primero fueron chubascos de gruesas gotas, hasta que se convirtieron en un aguacero como no había visto nunca. Por suerte a la zona de Uveral de Herrera solo le tocó el agua y un poco de viento. Ríos de agua fangosa bajaban hasta la costa y seguían hacia el mar. El ruido de las olas sonaba como amplificado cientos de veces. Afuera se acababa el mundo y a nosotros nos dio…, imagínatelo, aquello era fuera de control. Así estábamos gozando cuando empezaron a golpear la puerta. Primero pensé que era la bulla del aguacero. Después gritaron que eran la gente de la Defensa Civil. La orden de evacuación era irrevocable y, sin esperarlo, nos sacaron de Uveral Herrera en una tanqueta anfibio. Nuestros salvadores también eran reclutas que no dejaban de protestar por el ciclón, por los jefes, por el hambre que pasaban. Nos dejaron en el policlínico donde nos destinarían a un albergue. Quise escapar porque la cosa me daba mala espina, pero era imposible saltar de la tanqueta y echar a correr. En el policlínico nos llevaron para una oficina junto a otras personas. El capitán jefe del puesto de mando de la Defensa Civil nos reconoció nada más entró por la puerta. Las fotos mía y de Teodoro estaban distribuidas por todo el país, nos dijo. El capitán estaba encantado de habernos encontrado y nos trató a cuerpo de rey, aunque fuimos separados para asegurarse de que no volviéramos a escapar. Por la noche, paró un poco el ajetreo y llamó a La Habana y me pusieron con un médico de guardia que quiso saber cómo estaba Teodoro. Fue el tono de la voz del médico, más que otra cosa, lo que dijo que la aventura había acabado y que nada bueno me esperaba. A los dos días, cuando pasó el ciclón, vinieron a buscarnos en una ambulancia".

Hizo silencio otra vez y fue por la jarra de agua.

Eso, la pausa justa.

Regresó.

Sirvió agua en ambos vasos.

La pareja de la mesa de al lado reía por algo que pasaban en la pantalla del televisor encima de la barra.

"Así mismo sucedió. De regreso al hospital me llevaron para otra sala, una de mayor seguridad, llena de rejas y de la tanda de *electroshocks* no me salvó nadie. Entre las descargas eléctricas y las pastillas, apenas tuve tiempo de sufrir por la separación. A Teodoro lo devolvieron adonde mismo, a fin de cuentas era inocente y seguro no habían olvidado que era hijo de un antiguo funcionario del gobierno pasado a mejor vida. No tengo idea de cómo se las arregló, todo depende cuánto lo había marcado nuestra experiencia. Me imagino que fue duro para él. Estuve casi un año en aquella sala llena de rejas...".

"¿Volviste a verlo durante ese tiempo?", lo interrumpí.

"Solo una vez volví a ver a Teodoro. Fue un día que me sacaron para hacerme unas pruebas médicas, lo vi de lejos, de espaldas, cruzaba la calle junto a una enfermera. Al salir, y a pesar de la terapia de *electroshocks*, pude acabar la carrera de Historia del Arte que había dejado en tercer año antes de que me ingresaran".

Me quedé pensativo unos instantes.

"¿Y de la tea incendiaria?", le pregunté.

"Nunca más volví a quemar nada".

Máximo calló.

Entonces me atreví a preguntarle lo que hacía rato deseaba saber.

"Teodoro seguía allá en la sala hasta donde sé, seguro gritando: ¡Nuevo ingreso! ¡Nuevo ingreso! cada vez que llega alguien a la sala".

Demasiado triste para ser una historia inventada, me dije.

Miré a Máximo y parecía exhausto.

La camarera se acercó.

De nuevo vi sus tatuajes.

La tinta azul muy oscura desplegada sobre la piel blanca.

¿Qué significaban aquellas letras chinas estilizadas que se extendían por todo el cuello?

Iba preguntarle a Máximo si tenía alguna idea o pista sobre los ideogramas, pero en lugar de eso le dije:

"Tienes que conocer a mi esposa".

SEGUNDA PARTE


UCRONÍAS

# EL AÑO DEL CERDO

*Buena parte del placer que proporcionan los alimen-*
*tos que necesitamos depende, sin duda, de la forma*
*en que son presentados y el ambiente que los rodea.*
Nitza Villapol, *Cocina al minuto.*

Despedir el treinta y uno de diciembre sin la ceremonia del macho asado, es como si el año se negara a marcharse y se quedara pegado a las paredes.

Secando las matas, agrietándolo todo.

Esparciendo su olor a cosas viejas y usadas.

Y no es tanto el banquete como eso, la ceremonia.

La ceremonia del macho.

Una liturgia sin prescripciones. Llena de significados que atrapan a la familia y sacan lo mejor de cada uno de sus miembros. El ritual de la comida en torno al fuego en su esencia más pura. Son asuntos que sé y siento, pero no los cuento ni menciono.

Primero fue el zapateo por los vegetales. De mercado en mercado. Y cuando estuvieron de este lado, nos fuimos a Oriente a comprar el macho. Si quieres un macho de verdad, debes ir a Oriente, lo que te vendan por acá es apócrifo:

Departamento de Cuba, Victoria de las Tunas, Nuestra Seño-
ra de la Asunción de Baracoa, San Salvador de Bayamo. Da
lo mismo.

Destino Cayo Mambí adentro. Quince o veinte kilómetros, no sé. Alguien nos dio la dirección de una granja que
administraba un habanero. Buen negocio el de los habaneros
que les han entregado tierras ociosas en Oriente.

Llegamos a La Celia y el habanero en persona salió a re-
cibirnos. Debía saber que mi suegro era un tipo importante.
Por eso nos invitó a refresco de guanábana y, bajo la brisa de
la tarde, fijamos los pormenores de la transacción. Justo, sin
clavadera. Transparente. Terminamos la merienda y el anfi-
trión nos invitó a ver los corrales. Un crisol. No por gusto
La Celia había sido seleccionada y certificada como centro
de referencia regional por la FAO. Allí acudían periodistas,
funcionarios del Partido y del Ministerio de Cultura.

Detrás de los campos de guayabas, quedaban las naves de
ceba. Un olor dulzón se expandía de los vergeles florecidos.
Entramos por el amplio corredor que dividía en dos las hile-
ras de corrales de una de las naves. Algunos machos dormi-
taban junto a las canoas. Otros comían directamente de estas
con la glotonería propia de lo que eran. Nada de alarma. Apenas reparaban en nosotros. Si acaso alguno resopló, movió la
cabeza o se espantó las moscas a nuestro paso.

Para mí elegir es un dilema y en La Celia lo era el doble.
El habanero no paraba de hablar y dar datos sobre alimen-
tación, indicadores de calidad de cría y ceba, ciclos de venta
y de curación de parásitos. Mi suegro quiso saber sobre este
particular. Hacía unos meses, nos contó, se había destapado
una infestación por enterobius vermicularis, que había sido

superada con un espectacular mínimo de tiempo y recursos, apelando a métodos prescritos por la medicina tradicional. Nada que temer. La granja no solo estaba certificada por la FAO, sino por las autoridades de sanidad.

Enterobius vermicularis. Me encantó el nombre…

A mitad del recorrido mi suegro se paró en seco…

Tirado de costado, tomando el sol en la panza, estaba nuestro macho. Era ese. Ningún otro. Estuve de acuerdo. No importaba si se pasaba de peso, estábamos dispuestos a pagar. El habanero sonrió, a veces uno sabía así, porque sí, cuál era el macho que le convenía. Y era cierto…

"Buena elección", dijo en el mismo tono informativo. "Ese macho tiene seis meses de capado, carne orgánica de primera".

Hizo seña a unos trabajadores que limpiaban los pesebres de las vacas. El macho fue sacado del corral y encaramado en la pesa. Como no se estaba quieto, el habanero le pegó con la vaina del machete en el costillar y dejó de hociquear. Ciento ochenta libras en pie ni una onza más ni una onza menos. Excelente para un ejemplar mediano y bastante joven.

De vuelta a la Terminal por poco el macho arruina el regreso. El inspector de transporte público no quería dejarnos entrar con él a la cabina de transportación. Se conocían varios casos en que la gente se había transportado junto a animales, y por el mal estado de los equipos y medios, cuando desembarcaron en su lugar de origen, no lo hicieron precisamente seres humanos. Viajar con machos de una provincia a otra caía, por supuesto, en ese rango de prohibición. Mi suegro llamó aparte al jefe de los inspectores, y en menos de cinco minutos, estábamos metidos los tres en la cabina de desintegración. Un poco estrechos, eso sí. Las cabinas, aparte de más viejas que El Castillo del Morro, son personales, mas con las privaciones, el bloqueo y esas cosas hay que resolver a como sea. El viaje lo pasé imaginando a mi suegro recomponerse gruñendo con la soga al cuello y yo convertido en él y el macho en mí...

Cuando se abrió la cabina y vi que cada uno era lo que se había montado, respiré tranquilo. Estábamos de vuelta de Cayo Mambí con ciento ochenta libras de carne, orgánica, de macho oriental.

Una vez en la casa metimos al macho dentro del corral y le dimos comida. Su capacidad de adaptación era asombrosa. La pobre bestia se abalanzó sobre una palangana rebosante de sobras del día anterior con unos deseos que daban gusto. Mi suegro a mi lado emitió un ruido imperceptible con su garganta y tragó en seco.

"Ver comer a un macho me abre el apetito", admitió.

Acabó su comida, se tiró un sonoro peo y se echó a dormir. Era la noche del treinta de diciembre. Verlo dormir en paz, sin sospechar u olfatear su suerte, me dio un poco de lástima. Aunque hay quien dice que sí, que los animales se la huelen ante la inminencia de la muerte o el peligro.

¿Estaría soñando? ¿Soñaría que comía y que, luego, dormía y soñaba que comía? Demasiado, aun para un hombre. Escupí y me alejé del corral.

Al día siguiente, el festejo estaba en el ambiente desde muy temprano. El aire, el canto de los pájaros, el zumbido de los insectos, el parloteo de las mujeres eran diferentes. A eso de la una de la tarde la familia entera estuvo reunida. La piara de niños jugaba en el patio y la terraza. Las mujeres hacían la masa de buñuelos. Los hombres preparaban tragos, picaban hielo, pelaban las yucas, confeccionaban el muñeco que encarnaba el año viejo. Los jóvenes no se despegaban del equipo de música.

Por un momento perdí a los niños de vista. Cuando oí sus gritos fui hasta el corral y pude ver lo que hacían. Uno de los sobrinos de mi esposa le pinchaba el lomo con un palo. El macho se movió profiriendo sordos gruñidos. Otro le lanzó una piedra que rebotó en el enrejado de cabillas. Los regañé, y me preguntaron por qué no podían divertirse con él, si de todas maneras lo iban a sacrificar.

"Por eso", les dije, "no hay que maltratarlo, eso es de…"

La frase se me quedó colgada.

"…Sádicos…".

Ellos me observaron ceñudos. Era evidente que no entendían el significado de la palabra. El que había pinchado al macho, me preguntó que si él era un sádico, qué quería decir. Sus caritas me rodeaban con interés.

Querían saber.

"Un pequeño hijo de puta", murmuré.

Rieron. Una de las niñas hizo la observación del tamaño del rabo del macho. Lo miré y la niña tenía razón. Hasta ese instante no me había dado cuenta de que el macho tenía un rabo, no una cola, de admirables proporciones. Lástima que capado como estaba no pudiera darle el uso que se merecía en aras de la reproducción de su especie.

Los niños reían. Un sobrino de mi mujer preguntó si alguno de ellos tenía el rabo tan grande. No hubo respuesta. El macho se rascaba el lomo contra la tela metálica. Los niños se aburrieron y se fueron a otro lado. De nuevo estaba solo frente al corral. El macho meneó la cabeza perezoso, emitió un bufido y me miró con sus ojillos entrecerrados. O eso creí. Ni ahora que faltaba tan poco para su suplicio mostraba señas de alarma. Como si tuviera una misión en su vida: ser convertido en fiambre, bistec, manteca, carne asada, lo que fuera. De madre que la felicidad de unos se base en el martirio de otros. La Biblia está llena de menciones de sacrificios. Entonces era así.

Me alejé del corral en busca de un trago. Mis parientes jugaban dominó y discutían de pelota. Ninguna de las dos cosas me interesa en particular. Uno de los primos de mi esposa me preguntó cuál era mi equipo, y le dije, por salir del paso y parecerme lo más lógico, que Industriales. Mi respuesta arreció la discusión. La familia estaba dividida en industrialistas y no. Me hicieron dos o tres preguntas que respondí como pude. Después tuve que sentarme a la mesa de dominó. Me dejé llevar, puse fichas, bebí mojitos, y creo que fui feliz.

Era la hora de matar el macho.

La familia de mi mujer tenía una tradición…

El mojito perdió cuerpo y sabor en mi boca…

Gracias a las tradiciones somos lo que somos…

El último hombre en ingresar en la familia debía matar al macho. Sencillo. Ahora entendía por qué entre todos sus miembros, mi suegro me había escogido para que lo acompañara a Oriente.

Dejamos las fichas bocarriba. Mi cuñado puso un cuchillo en mi mano. Un cuchillo casi tan largo como un machete. Para que no quedara duda, me indicó que lo pasara por los pelos de mi brazo. Lo hice. Mis vellos desaparecieron. Exacto a una hoja de afeitar. Era un arma buena para matar.

Todo estaba listo. La caldera de agua hervía en medio del patio. La mesa donde se destazaría estaba dispuesta. Solo quedaba matarlo. Tomadas las precauciones, los niños fueron llamados. La sensibilidad de los niños es impredecible, por eso no es bueno que vean el sacrificio de un macho, va y luego les da pesadillas en la noche o asco comerse la carne. Los niños entraron en la casa acompañados de las mujeres. Solo quedamos nosotros. Sucediese lo que sucediese, quedaría entre hombres.

Todavía tenía el cuchillo en mi mano. Nunca había matado ni una cucaracha. Las palmas de las manos me sudaban. Aquel era, entendí, un rito de iniciación. Insertarme en la familia de mi mujer llevaba requisitos que trascendían la posesión de su cuerpo.

"¿Estás listo?", me preguntó el suegro, ahora en función de patriarca.

Moví los hombros igual a un boxeador cuando está en la esquina a punto de entrarse a guantazos con su rival.

Estaba listo.

Mi cuñado me dio instrucciones. Matar un macho pasaba de fácil. Una puñalada directa y profunda en la zona del corazón, no más.

"¿Por qué no lo haces tú?", le pregunté, y me dio una palmada suave en la cara.

"Macho no teme a macho, ¿sí o sí o sí o no?", dijo, y todos rieron, y mi suegro hizo un gesto de que sí, yo podría.

Entre tres hombres trajeron al macho. Por fin el animal se había percatado de qué algo fatídico pasaría con él. Era hora.

Mis manos estaban encharcadas alrededor del cabo del cuchillo. Me las sequé en el pantalón.

El macho bramaba, aullaba, balaba, bufaba... Nada ni nadie vendría en su auxilio ni en el mío. Cogí aire. Tragué saliva. Quise salir corriendo, diseminarme en un chorro de electrones por el fin del mundo años, siglos... El macho y yo éramos las dos partes encontradas del mismo acto. Pero el rito era más fuerte que nosotros de tan elemental. La masacre era el lado tenebroso del espíritu del treinta y uno.

Tras un corto y cruento pataleo lograron reducirlo.

Lo tuve frente a mí... De pinga... La mueca inefable que precede los cataclismos.

Apreté el cabo con fuerza...

El instante en que solo oyes tu corazón y el de la víctima.

Cerré los ojos para no ver los suyos y tiré la mano hacia delante.

Sentí la hoja entrar, cortando huesos, traspasando la carne hasta partir en dos el centro del corazón. Abrí los ojos y los del macho estaban dilatados y fijos. Una sola puñalada. Saqué el cuchillo y su cuerpo se desplomó.

Matar es más fácil de lo que uno piensa.

Rápido.

Miré a mi alrededor.

"¡Cojones!", dijo mi cuñado.

"Para ser una putica...", bromeó un primo.

Siguieron las bromas. Los pájaros volvieron a cantar, y el viento a sonar entre los árboles...

"¡Pasaste la prueba!", anunció mi suegro.

Levantó su vaso. Los demás lo imitaron. Debajo del macho la sangre brotaba, formaba un espeso charco y todo fue obscenamente familiar.

Las mujeres estuvieron de vuelta. Con la ayuda de los hombres lograron que la sangre cayera en una fuente. El tamaño del rabo provocó nuevas ocurrencias. El rabo de macho asado era recomendado como viático de fertilidad o como simple y probado afrodisíaco. Hasta los hombres debían experimentar. Enseguida la fuente quedó rebosada. La sangre de macho era idónea para hacer morcillas y un dulce exquisito que solo la abuela sabía la receta.

Cuando estuvo desangrado, lo llevamos hacia la mesa con el fin de destazarlo y prepararlo para el asado. Primero fue bañado con agua caliente y pelada la piel a cuchillo y piedra de mar. Luego fue abierto en canal y retiradas las vísceras y las tripas. Con el hígado y los riñones se confeccionan platos de delicadeza de *gourmet*. Mi cuñado me mostró el corazón y quiso que le diera un mordisco.

"¿También es parte del rito?", pregunté y sin esperar respuesta hinqué los colmillos en la carne traspasada minutos antes.

Comí sin masticar… Aún estaba tibia… Lo del mordisco era un chiste… La estábamos pasando bien.

Una vez limpio, fue separada la cabeza y enviada al presidente del CDR. El ocho de enero, día en que se conmemora el aniversario de la entrada de los rebeldes a La Habana, los vecinos se reunían a festejar, y por costumbre, se hacía una caldosa, cuyo principal ingrediente, viandas y especias aparte, era una cabeza de macho.

Los hombres alrededor de la mesa tomamos un cinco y chupamos de las bebidas. El olor del carbón en brasas llegó hasta nosotros. En seis horas cantaríamos el Himno Nacional y alzaríamos las copas de sidra en brindis por un nuevo año

de logros, luchas, victorias, deseos y por qué no, por el trescientos cincuenta aniversario del triunfo de la Revolución…,
que por ella estábamos aquí.

Digo que pensábamos en esas cosas…

Cada despedida de año tiene su soplo de meditación trascendental, sobre todo, si se bebe entre hombres de la misma
tribu. Fue mi cuñado quien de pronto se quedó observando
el rabo del macho.

"Eso es un macho…, miren qué clase de pinga se manda,
yo con esa cabilla daría más candela que la que doy en La Habana", admitió, y pude advertir una sombra de envidia debajo
de sus palabras.

Los demás estuvimos de acuerdo. El tamaño de los genitales siempre es un tema sensible para el sexo que sea.

"Y pensar que estos tipos hace trescientos años los traían
de policías para La Habana", dijo mi suegro hundiendo el cuchillo en una de las tetillas para comprobar la calidad de la
carne.

El cuchillo entró y salió, y mi suegro estuvo satisfecho.

"Mejor que el del año pasado", reconoció.

"Dicen que aquellos policías tenían una forma peculiar de
pedirte el carné de identidad y que andaban en pareja porque
uno sabía leer y el otro escribir", explicó uno de los primos.

Mi suegro siguió abriendo aquí y allá los agujeros en los
que pondríamos el aliño.

"Es muy interesante, pero nunca se ha demostrado", dudó.
"Lo que sí se sabe es que los delincuentes venían de los mismos lugares que los policías. Ese factor geográfico facilitó en
sus inicios la trata de esclavos".

Cómo había cosas que uno no sabía. Nos dimos otra ronda de mojitos.

"Papá dice que en esa época andaban por toda la Isla sin control tomando ron y ocasionando disturbios", dijo mi cuñado.

"No, eso fue un poco después...", me atreví a disentir, hablar de machos entre hombres denotaba una fina complicidad.

"¿ Después de qué?", preguntó mi cuñado.

"De que los trajeran como esclavos, para salvar la economía del país", aseguré para que viera que no solo era capaz de matar a un macho, sino que también sabía cosas importantes.

"La economía nunca se salvó con la esclavitud", aseveró mi suegro, y casi me escondo debajo de la mesa.

La abuela apareció con la cazuela del aliño y dos brochas. Mi suegro y yo empezamos a mojarlas y pasarlas por los agujeros. Los otros seguían dándole pequeñas cuchilladas. La vieja se fue.

"Es cierto que tuvo sus ventajas, sin embargo, con la esclavitud nos buscamos otro problema", siguió mi suegro. "Enseguida empezó la mala leche y las campañas de difamación en el extranjero, por eso nada más duró cien años".

Me gustaba la sapiencia de mi suegro.

"Siempre me he preguntado cómo lograron retornarlos a sus provincias", quiso saber el primo que estaba a mi lado.

"Cuando la esclavitud fracasó comenzaron a exportarlos", expuso mi suegro, mientras dábamos vuelta al macho.

"¿Exportarlos adónde?, pregunté, eso no lo había escuchado nunca.

Ahora todos pinchábamos la espalda, el lomo, las nalgas y las piernas. Mi suegro se tomó su tiempo.

"Hacia Europa, Brasil…, carne orgánica de primera", dijo con el ceño encogido. "Y cuando mejor nos iba, sucedió lo de siempre, los Estados Unidos amenazaron a sus socios con cerrar sus mercados a los productos venidos de Europa y Sudamérica, si seguían comprándonos carne de lo que fuera. Un asco".

"Pero una vez leí que el fracaso de las exportaciones de carne de macho fue el auge de la comida vegetariana y…", dijo tal o más cual primo con cierta timidez por miedo a una refriega de mi suegro. "…La puesta en moda de las cubanas…"

Mi suegro lo encaró.

"La venta de mujeres siempre ha existido, ¿ustedes no saben que con cada saco de azúcar que vendemos exportamos una mujer?…".

En sus palabras había cierto tono de reproche. No me importaba. Era una clase magistral y gratuita. Todos teníamos los ojos clavados en él. Su hijo el más. Al parecer a todos nos gustaba la historia de Cuba, a pesar de que nuestras lagunas se confundían en océanos.

"Entonces ¿no volvieron a ser policías?", preguntó con ingenuidad mi cuñado.

"Jamás", afirmó mi suegro. "Luego del fracaso de las exportaciones y ante el colapso de la ganadería, nos dimos cuenta del magnífico substituto que disponíamos".

Volví a coger la brocha y empecé a aliñar las incisiones. El líquido desaparecía y encima quedaban los trocitos de ajo, orégano y demás especias. Si la carne chupa el aliño, es buena. Está escrito en el libro de Nitza Villapol.

No pude resistirme y pasé los dedos por el pellejo horadado y probé. El adjetivo, el que sea, me hizo entornar los ojos...

"¿Y se dejaban vender así, como si fueran paquetes de embutidos?", indagué embebido en los conocimientos de mi suegro.

El patriarca bebió y se pasó la mano por los ojos, el humo empezaba a molestar.

"Cómo los machos llegaron a ser lo que son, es nuestro secreto más grande después de la desaparición de Camilo", fue su respuesta.

Todos callamos y seguimos aliñando y abriendo agujeros.

"¿Nunca han oído hablar de los llega y pon?", preguntó sin dejarnos pensar en lo que había dicho antes.

Dejamos la tarea por unos segundos.

De alguna casa cercana llegó el bramido desgarrador, exagerado quizás, de un macho apuñaleado.

"Cuéntenos viejo, con usted se aprende más que en la escuela", afirmó su hijo, y pienso que tenía razón. Su padre era un libro abierto, aunque no sé qué tipo de libro.

Los otros también pedimos.

El hombre se hizo rogar unos segundos.

"Los machos tenían una extraña costumbre", contó sin dejar de dar brocha sobre la carne. "Primero venían los adultos y creaban su hábitat y, cuando estaban instalados en los llega y pon, emitían señales a través de toda la isla y en una semana la camada pasaba de diez ejemplares".

Suficiente. Nos miramos aterrados. Mi suegro sonrió.

"¡Pa' la candela, el macho está listo!", mandó, y entre dos o tres lo cargamos y acomodamos en la parrilla sobre las brasas.

Nadie volvió a preguntar. El instante de meditación había pasado. Éramos más sabios que hacía diez minutos.

De nuevo los niños alborotaban por el patio, el jardín y la terraza persiguiéndose unos a otros.

Al rato el olor a carne, orgánica, asada invadía el patio y la casa. Un olor que se mezclaba con el olor de otros machos asados.

Las mujeres y los niños revoloteaban alrededor del asado. El suegro levantaba las hojas de plátano y los gajos de guayaba, cortaba pequeños trozos y los daba a probar a su descendencia. A fin de cuentas era el patriarca.

Cerca de las doce nos sentamos a comer en la gran mesa en la terraza. Las fuentes rebosaban de suculentos trozos de macho asado, de yuca con mojo, ensalada, arroz congrí... Atacamos la carne, orgánica, y el paladar fue una fiesta.

Es la única manera de decirlo.

A mitad de la cena nos sorprendió la media noche y el cielo del barrio se iluminó de fuegos artificiales.

Hubo brindis y disparos al limbo.

Ardieron los muñecos de año viejo.

El año se iba porque había macho asado.

De los televisores llegaron las notas del Himno Nacional. Luego el locutor leyó el mensaje a la nación. Palabras de resistencia y esperanza con la voz a punto de quebrársele: teníamos que confiar en nosotros mismos. No nos importaba si la familia estaba a salvo. Nos abrazamos y felicitamos. La abuela sentada en uno de los extremos de la mesa, y sin dejar de masticar, seguro que carne, orgánica, soltó unas lágrimas conmovedoras por lo imperceptibles. De mi suegro, de pie en la otra punta, emanaba un halo benéfico que se extendía sobre su tribu.

"¿Cómo se llamará este año?", pregunté a mi esposa.

Ella me apretó la mano, me miró levemente angustiada, sonriente.

"Este no sé, pero el año que pasó en el calendario chino fue el año del cerdo", dijo, y yo suspiré rozado por una desconocida y misteriosa nostalgia.

# ESPERANDO LA CARRETA

*Para José Ángel Espinosa*

El inconveniente es que las mujeres se han extinguido hace muchísimo tiempo. Apenas quedan unas quince en todo el planeta. Sin embargo, la buena noticia era que la Cooperativa de Producción Agropecuaria, CPA, "Shakira González" sobrecumplía, por quinta vez consecutiva, la emulación a nivel nacional. Y cuando se hablaba de nivel nacional, cualquier cosa podía suceder.

Cualquier cosa era que los hombres más destacados, entre los cientos de trabajadores de la CPA, aguardaban por el estímulo de los estímulos: la visita de una mujer.

Los elegidos, clones perfectos de guajiros fabricados totalmente *in vitro*, sin necesidad de vientre alguno, esperaban endomingados de guayabera y sombrero en los bancos que estaban enfrente a la administración de la cooperativa. La ansiedad y la curiosidad estampadas en los rostros se traducían en la manera compulsiva con que fumaban sus tabacos.

En una hora, quizás menos, la mujer llegaría.

—Estoy todo nervioso…, llevo dos noches sin pegar un ojo —dijo Eleuterio quitándose el tabaco de la boca y hundiendo su cabeza dentro del sombrero—. ¡Una mujer, carijo! ¡Eleuterio Fonseca va a ver a una mujer antes de retirarse!

Nadie respondió.

Sus compañeros pensaban en lo mismo.

El misterio de la atracción por el otro sexo se mantenía intacto en la inmensa mayoría de los clones. Era algo que de algún modo, los hacía funcionar. Aunque había que reconocer que el misterio superaba a la atracción.

Fue Secundino quien dejó de fumar y miró un instante al busto de Shakira González que estaba junto a los bancos compartiendo sitio con el del Apóstol.

—Me gustaría que la mujer se pareciera a ella… —murmuró con esa voz apagada del que piensa de boca para fuera.

Los otros intercambiaron miradas de sorpresa.

Secundino quitó la vista del busto, puso sus ojos en unas palmas cercanas, le dio una calada melancólica a su tabaco, meneó la cabeza y presa de una súbita iluminación se dirigió a sus colegas.

—¡Shakira fue lo máximo!

—¿Lo máximo? No es lo que la gente piensa —objetó Casimiro bajito. No era bueno dudar en voz alta de la memoria de las heroínas.

—¿Que no, compadre? —protestó Secundino—. En su biografía se cuenta que fue de las últimas mujeres que tuvimos en la provincia, y todos los años visitaba más de doscientos centros de trabajo. Entre diez mil y quince mil trabajadores la vieron, y de estos más de la mitad…

—¡Guajiro, mire que usted es ingenuo! —interrumpió Pausides— Yo me conozco esa biografía de cabo a rabo y le digo que el papel aguanta lo que le pongan.

Secundino disgustado hizo un ademán de arrojar el tabaco, pero no, se acordó de que no le quedaba ninguno ni encima ni en la casa.

—Una vez oí decir en Caimito del Guayabal que la Shakira esa del busto ni siquiera existió —intervino Macario hablando en el mismo tono bajito.

—¡Nadie puede decir eso! —protestó otra vez Secundino.

—Compadre, no hable alto —dijo Macario al ver que el administrador de la cooperativa pasaba muy cerca del grupo.

Los clones destinados a roles superiores traían, desde el matraz, una peculiar forma de comportarse, lo que hacía que los otros (también por instinto) se cuidaran de ellos.

Pasó el peligro y los hombres continuaron en lo suyo.

—El jefe del sindicato me dijo hace una semana que Shakira también sabía bailar y cantar punto guajiro que daba gusto —volvió a la carga Secundino.

—No lo creo —aclaró Pausides—. No me imagino a Shakira cantando punto guajiro y bailando con un vestido blanco y un marpacífico en la oreja. A nadie se le hace un busto por eso.

Lo discutieron durante dos minutos y llegaron a la conclusión de que no, Shakira, el baile y la música campesina nada tenían que ver.

—La González que cantaba y bailaba música campesina era una que se llamaba Celina, no Shakira, y ya nadie se acuerda de eso —explicó Pausides con voz de entendido.

Los ojos volvieron a caer sobre Secundino.

—Está bien, está bien —se defendió el emplazado—, pero Shakira sí existió y en el mural dice que fue una mujer muy alegre.

—¿Alegre? —dijo Eleuterio, y su voz y palabras eran realmente insondables— ¿Quién sabe cómo eran esos bichos en realidad?

—Melesio me contó hace tiempo que las mujeres eran unas criaturas muy extrañas, y no tenía por qué decirme mentiras —aseguró Casimiro—. Lo peor era que tenían unos días al mes que se ponían insoportables y no podías ni acercárteles porque se te reviraban y hasta mordían.

La alusión a que las mujeres tenían sus momentos insufribles hizo que la inquietud recorriera al grupo.

¿Y si la mujer que los visitaría hoy estaba en medio de ese trance?

—¿Insoportables? ¿Por qué? Esos deben ser cuentos de camino —dijo Eleuterio.

Todos miraron a Casimiro, su rostro había tomado un matiz de sabiduría poco frecuente en él.

—La-re-gla… —soltó Casimiro como si hablara para otra dimensión y no para sus compañeros de trabajo—. ¡La maldita!

Las dos palabras provocaron que aumentara la turbación entre los vanguardias.

—¿Regla y maldición? ¿Cómo se come eso, Casimiro? —indagó Macario asombrado, se dio un trago de café de un pomito color ámbar que sacó de uno de los bolsillos de su guayabera, hizo una mueca y el cuerpo se le removió de pies a cabeza en un espasmo.

—¿Qué va a ser?, que se descomponían igualiticas que las perras y las puercas —respondió Casimiro—. Y repito, Melesio era un hombre probado y no tenía por qué mentirle ni a mí ni a nadie, compadre.

El nerviosismo aumentó.

Los tabacos fueron presas de grandes chupadas.

—¿Pero igualiticas, igualiticas o parecidas? —preguntó Secundino, entrecerrando los ojos para medir mejor a su colega Casimiro.

—No me acuerdo si Melesio me lo dijo o no… —se justificó Casimiro—. A lo mejor me contó y uno con la cabeza y la memoria que tiene, se me olvidó.

En cuanto a la memoria era cierto, los clones de guajiros cada vez perdían más capacidad de memoria en menos tiempo de vida útil.

Era inevitable.

—Me imagino a las mujeres andando por ahí alborotadas —terció Pausides, se rascó la cabeza y soltó una risita burlona—, y el bando de machos atrás entrándose a gaznatones y machetazos para ver quién las enganchaba.

Una mujer descompuesta y la jauría de hombres detrás aullando y peleándose por el sexo hinchado y enrojecido era una imagen inconcebible para ellos. Excepto para el difunto Melesio o para Pausides.

—Bueno…, si se ponían como las puercas…, para mí no es ningún problema… —dijo Macario que había permanecido callado y pensativo tratando, sin éxito, de encender su tabaco.

La curiosidad se apoderó del grupo.

Cuatro bocas prendidas a los mochos de tabaco halando curiosas.

—Compadre, explíquese mejor —instó Eleuterio soltando una densa bocanada—, mire que este no es un día cualquiera.

—Nada, compadres, no se me vengan a hacer los sonsos…
—soltó Macario, y de su voz emanó un fino conocimiento.

La frase sugería tanta complicidad que se mantuvo colgando por encima de las cabezas de los otros.

Macario sacó otra vez su pomito de café, se dio un buche, hizo una mueca y el cuerpo fue víctima de un rápido temblor que terminó en un violento estornudo. El estornudo se repitió cuatro veces.

Los otros esperaron.

Macario tomó aire por unos segundos y logró calmarse.

—Creo que con este café se puede matar cucarachas —dijo por fin con la misma voz de guajiro entendido—. Digo, si no es que lo hacen con cucarachas.

Nadie rio con la ocurrencia. Eso, lo del café, las cucarachas, los estornudos y la alergia, era sabido.

De pronto, sonaron los altavoces. El convoy en que viajaba la mujer se acercaba a la cooperativa.

Los elegidos se movieron en zafarrancho hacia la oficina de la administración tropezando unos con otros, con el susto en los ojos y las palabras atoradas. A su alrededor la "Shakira González" era un hervidero. Ella estaba ahí…

Apenas llegaron a la entrada cuando el altavoz rectificó. No se trataba de la caravana, sino de la cisterna que recolectaba el sancocho para la ceba de cerdos.

Los vanguardias regresaron a los bancos y ocuparon sus puestos anteriores. Resoplaron por el desgaste de emoción. Pasaron unos segundos y volvieron a la diatriba.

—Habla, Macario —lo retó Secundino— ¿Qué es eso de las mujeres y las puercas? ¡Aquí nadie es sonso!

—Si a las mujeres cuando les da la regla esa… —el tono de sus palabras apuntaban al placer—. Vaya, que si les da y se ponen como se me pone Lucrecia…

¿Lucrecia?

El nombre femenino hizo estragos.

—¿Quién es Lucrecia? —preguntaron Secundino, Pausides y Casimiro.

—Lucrecia descompuesta da gusto —el goce sugerido en la voz de Macario transportó a sus colegas a oscuros parajes del deseo—. En esos días me da por meterme en el corral con ella… (se le escapó un suspiró) y mirarla comerse el sancocho acariciándole el lomo, hasta que se queda satisfecha… y ahí es cuando la muy reculona me busca echando para atrás. ¿Me entienden?

Todos supieron quién era Lucrecia. En los años que trabajaban juntos, Macario era el primero en reconocer que su animal favorito era una puerca bautizada con nombre de mujer.

La imagen de la puerca reculando buscando al hombre disparó la tensión arterial.

Cada uno se extravió en el recuerdo de su más íntimo animal.

Migdalia, la chiva de Eleuterio.

Risela y Eduviges, las carneras de Casimiro.

Gloria, la yegua de Secundino.

Teleforo, el guajiro que vivía con Pausides.

El silencio se volvió pegajoso de tan sensual.

Volvieron a fumar.

Hubo quien miró a las palmas cercanas, a la arboleda de mangos, a los marabusales o al busto de Shakira.

—No me importa ni Migdalia ni nadie —arremetió de nuevo Eleuterio—, ¡Hoy Eleuterio Fonseca va a ver a una mujer y punto!

No hizo falta que dijera nada de Migdalia. En cuanto a la oportunidad especial de ver a una mujer, los demás vanguardias estuvieron de acuerdo.

—En el fondo, en el fondo —reconoció Secundino—, no creo que las mujeres hayan sido como Gloria, Migdalia o Lucrecia.

—Eso sería mucho decir... —dijo Pausides, a quien el recuerdo de Teleforo se resistía a abandonarlo.

Pero había una cuestión que todavía no se atrevían a reconocer de frente.

Sin vergüenza de ningún tipo.

—Compadres, está bien todo eso, a mí Migdalia me cuadra bastante —admitió Eleuterio sin complejos—, y aunque de vez en cuando me monte alguna que otra novilla, las mujeres son el sueño de mi vida y he trabajado todos estos años por ver a una de carne y hueso.

La sinceridad de Eleuterio contagió al resto de los vanguardias.

—Tiene razón el compadre, y tal vez no les guste lo que pienso —anunció Casimiro sentencioso y estirando las palabras—, pero a veces me parece que si hubiera mujeres, no tendríamos que pensar en los animales.

—Bueno, no hay que exagerar... —reconoció Macario—. Lucrecia es mucha Lucrecia. Yo no me quejo.

—Eso cualquiera lo entiende —dijo Eleuterio quitando la ceniza del tabaco en el borde del banco—, pero sospecho que las mujeres no solo servían para encaramárseles arriba.

¿Qué otra cosa pudiera hacerse con una mujer que no fuera montársela?

Eleuterio había dicho algo insólito.

No obstante, gracias a la tradición oral, la sospecha era común.

—Dicen que antes ibas a una oficina, firmabas un papel ahí, hacías una fiesta con dos cajas de cerveza que te vendían en la bodega y para tu casa con ella —explicó Pausides—. Después de la borrachera aquello duraba toda la vida, si el cuerpo de los dos aguantaba. ¡Me erizo de solo pensarlo!

—Eso no debía ser fácil —se quejó Casimiro—. Risela y Eduviges son cariñosas y saben complacerme, pero de ahí a andar apegado va un buen trecho, y si mañana hace falta un animalito para celebrar el veintiséis de julio o la fiesta de los CDR, ¡chilindrón de carnera que tú conoces sin que me tiemble el cuchillo!

—Una mujer no me puede llevar en el lomo más lejos que Gloria —era Secundino que pensaba en voz alta—. Ni tampoco tendría eso más limpio entre las patas que ella, sin embargo… y es duro reconocerlo…, las extraño sin haberlas visto ni tenerlas…

Pausides entrelazó sus dedos. Su cerebro andaba así mismo: hecho un embrollo de impresiones encontradas. Los años de convivencia con Teleforo le hacían no creer, o dudar, de cualquier sentimiento hacia las mujeres.

—No voy a negar que siento curiosidad, aunque Teleforo tiene lo suyo… y hace un café y sancocha unas malangas qué pa' qué. Yo no quería venir ,y él, ¿qué piensan que hizo? Insistir para que viniera. Después de cinco años doblando el lomo, cómo me iba a perder la oportunidad de ver a una mujer.

—En lo del café y las malangas tienes razón —reconoció Eleuterio, que en más de una ocasión había probado ambas cosas de mano de Teleforo—. Ojalá Migdalia hiciera algo más que berrear y comer yerba. Eso sería…

—Ese es un buen punto de vista —Pausides impidió que Eleuterio terminara su idea—. No importa que Migdalia berree y coma yerba. Está el lío del ordeño. Nunca he oído decir que las mujeres dieran leche como las chivas o las vacas, cosa que las hace inferiores. Es cierto que no me fío de lo que dice, pero en la biografía de Shakira no se menciona el asunto. Si hubiera dado más de tres litros de leche diarios, en vez de un busto, le hubieran hecho una estatua de tres metros.

Los demás se quedaron pensativos. Era un razonamiento a tomar en cuenta.

—¡Sí, sí, sí! —dijo Eleuterio rompiendo el silencio— Está bien, ni café ni malangas ni leche ¡No me importa, solo quiero ver una y por eso estoy contento!

Y cada uno lo estaba.

A su manera.

De las pocas decenas de especímenes que quedaban regadas por el mundo, una estaría en quince minutos, quizás menos, en la CPA "Shakira González". Era como para trabajar y trabajar y, luego, esperar y esperar el tiempo que fuera necesario.

—A mí lo que no me cabe muy bien en la cabeza —convino Macario—, es ese chisme de que las mujeres andaban preñadas casi un año. Tanto ruido, y al final, parían una sola cría.

—Eso es verdad, parir las puercas, las perras y las conejas —dijo Secundino—. En la parición las mujeres andaban flojas, igual que las vacas, las yeguas y las monas, una o dos crías, si acaso.

—A lo mejor ni parían —se aventuró a decir Pausides—. Teleforo está seguro de que las mujeres ponían huevos y que se parecían a las gallinas en eso de enredarse con el primer macho que veían y a los dos minutos, si te veo no me acuerdo.

—¡¿Que ponían huevos!?—chillaron Casimiro y Macario.

—¿Qué sabe Teleforo de las mujeres? —dijo Eleuterio—. En la biografía de Shakira no se dice que pusiera huevos. Y si ella no lo hacía, las otras tampoco. ¡A mí me luce mejor que no eran animales de plumas!

Los demás le dieron la razón a Eleuterio.

Pausides se defendió alegando que Teleforo tenía un sentido del humor muy agudo y que quizás se trataba de un chiste.

El resto del grupo estuvo de acuerdo: debía ser una broma.

De nuevo los altavoces anunciaron la cercanía del convoy y los vanguardias fueron convocados a la administración. El tópico del paritorio dio paso a la excitación. La mujer estaría entrando por la arboleda y ellos dentro de unos minutos estarían ante el ejemplar.

Increíble.

Caminaban perturbados sin saber que, sencillamente, se dirigían a su primera cita.

—¡Disculpen, compañeros, es una falsa alarma! —rugieron las bocinas— ¡Los vanguardias que regresen a sus puestos! ¡Y recuerden…!

Y acto seguido el sonido se ahogó por algún desperfecto técnico.

El grupo obedeció y volvió a los bancos.

—Dios mío, me van a matar del corazón —se quejó Pausides.

Los otros se miraron: sí, muertos del corazón.

—Compadres, hay algo de lo que no hemos hablado... —dijo Secundino recuperado de la falsa alarma, y fumó despacio soltando el humo con pericia.

Los ojos de sus compañeros se posaron sobre él en espera de que hablara.

Secundino repitió la operación. Por lo visto tenía algo importante que preguntar o decir.

—Ver a una mujer es el sueño de todos nosotros, y yo me pregunto: ¿qué vamos a hacer con ella cuando la tengamos delante?

Era una pregunta de cien arrobas.

Cien arrobas de incomodidad y silencio.

Una garza solitaria planeó elegante a ras de la arboleda y desapareció entre las copas de las matas de mango.

Era hora de responder.

—Para mí no es tan sencillo, llevo años y años pensándolo —dijo Eleuterio, y de nuevo su mirada anduvo extraviada unos instantes por los lejanos marabusales—, quiero verla y tocarla y hacerle todo lo que le hago a Migdalia, y si no tiene tarros (porque me imagino que no los tenga), cogerla por el cogote y...

Y no pudo terminar la frase: la voz se le quebró en medio de hondos gemidos.

—Yo tengo una apuesta con un turista que está en el motel del pueblo. ¡Tres botellas de ron! —confesó Casimiro— Él dice que las mujeres tienen un sola ubre y que mean y cagan por el mismo hueco. Yo se lo pregunté a Luciano, el veterinario, y me aseguró que no. Lo más probable es que se comportaran como las otras mamíferas...

Y sacó una cámara fotográfica.

Los vanguardias quedaron de una sola pieza, nunca habían visto tan de cerca uno de aquellos artilugios.

—Eso sí, tengo que hacerle fotos a todos los huecos que tenga —dijo y manipuló la cámara—. Ven, es muy fácil. Y si es como dice Luciano, esta noche voy a coger el peo de mi vida.

Los otros lo miraron patitiesos. Tanto la cámara como la historia de la apuesta con un turista, los había descolocado un poco. Que luego de muchísimo trabajo y sacrificio los deseos de alguien hacia la mujer fueran tan groseros, no era emocionalmente correcto.

Casimiro entendió la reacción de sus colegas y se vio obligado a agregar algo en su favor que se aviniera con el espíritu colectivo.

—Bueno..., también me gustaría cogerla por detrás y por alante o por arriba y por abajo..., después tocarle el pelo y ver si es verdad que se lo dejaban largo igual que Shakira..., no sé..., compartir mi tabaquito con ella...

Sus colegas suspiraron aliviados.

Las confesiones continuaron.

—Respecto a mí, ustedes saben —habló Pausides aclarándose la voz—, yo me he leído más de cien veces la biografía de Shakira y ahí está escrito que las mujeres eran unas... (la falta del sustantivo apropiado lo hizo carraspear un instante), unos bicharracos de muchos detalles y que sabían hasta cocinar. Compadres, yo no creo que ninguna mujer supere en nada a Teleforo. Y así y todo me gustaría comprobarlo. Lo digo sinceramente.

Las cosas que decía Pausides siempre les resultaban un poco raras a sus compañeros, aunque ninguno sabía por qué.

De las bocinas brotó la música. Los acordes contagiosos del antiquísimo Himno a la mujer, de los compositores Polo Montañés y Harold Gramatges, invadieron la CPA.

Pausides y Macario marcaron el ritmo golpeándose los muslos con las palmas de las manos y moviendo el torso suavemente.

La música chispeante del Himno a… calentó el ambiente e hizo que continuaran las confesiones.

—Mi caso es distinto al de ustedes —dijo Secundino—, en lo de la singadera y las ganas, a mí me basta con Gloria. Yo nada más quiero sentarme a su lado, cogerle las manos y preguntarle si cree en Dios. Y si cree en Él, que me diga si para ella Dios es hombre, mujer o animal. No pido más.

—No quiero aguarte la fiesta, el inconveniente está en que las mujeres no piensan en Dios —interrumpió Pausides—, por la sencilla razón de que no piensan. Teleforo dice que si pensaran no se hubiesen extinguido y todavía estuvieran por ahí.

—Y vaya otra vez con Teleforo. Eso es imposible —se defendió Secundino—, las mujeres tienen que pensar en Dios. ¿Saben por qué lo digo?

Cada uno quiso saber.

—A veces, cuando estoy bañando a Gloria y me meto con ella en la poceta, y nos ponemos a jugar, y el agua le acaricia las ancas, y el lomo… (tenue gemido), la muy chula me pone unos ojos y mueve las orejas toda feliz, de una manera que no hace falta que hable. ¡Tiene que estar pensando en Dios!

…y Pausides no pensó en nada…

…y Eleuterio pensó en Migdalia…

…y Casimiro en Risela y Eduviges…

…y Macario en Lucrecia…

Y precisamente este último aún no había respondido una sola palabra.

El Himno a… entró en el montuno y se escuchó el simpático estribillo que hablaba de una mujer que tenía alas, no como los ángeles, sino como las gallinas y los patos.

Los vanguardias esperaban a que Macario hablara.

—No voy andar con rodeos —dijo—. Primero, y si se puede, quiero quimbármela, y después, si de verdad eran tan maternales como cuentan, quisiera que me cargara y me durmiera en sus brazos.

Y todos los clones de guajiros se sintieron de pronto arropados en brazos de la madre que ni poseían ni habían imaginado.

No quedaba nada que decir ni confesar.

Todos permanecieron callados rumiando sus propios pensamientos de hombres dichosos y signados por el destino.

Justo en ese momento la música se cortó, y los altavoces anunciaron por tercera vez que la mujer estaba a punto de arribar a la CPA "Shakira González".

El grupo fue nuevamente llamado a la administración.

La comitiva se paró en la entrada.

Los cinco elegidos llevaban ramos de flores en sus manos, ahora cada uno estaba como había reconocido Eleuterio: "todo nervioso".

Flanqueada por dos camiones desvencijados y repletos de custodios, se acercó una carreta confeccionada con la mitad de una guagua, reforzada con chapas de acero y las ventanillas tapiadas. El armatoste venía tirado por un tractor rosado.

Los custodios se bajaron de los camiones y aseguraron el perímetro. El chofer explicó que era una operación de rutina y preguntó si aquella era la CPA "Shakira González" y se quejó de que quedaba en el culo de mundo. Luego se bajó del tractor, y el administrador le estrechó la mano y dijo algo sobre el momento histórico que vivían.

El chofer asintió, se puso unos lentes especiales dotados de una cámara y escaneó de arriba abajo a los vanguardias, para comprobar si eran los clones del informe que había recibido el día anterior y no otros. Examen positivo. Satisfecho con su inspección guardó los lentes, se dirigió a la parte trasera de la carreta, sacó una llave y abrió el candado.

Bajaron dos custodios y se apostaron a ambos lado de la puerta de hierro.

Los elegidos sudaban.

Se alisaban la guayabera.

Removían los cabos de tabacos en sus bocas.

No sabían qué hacer con los ramos de flores de la emoción.

El administrador se retorcía las manos.

El chofer subió la escalera, se paró en la puerta y de nuevo miró a los hombres distinguidos.

Fue entonces que gritó:

—¡Yaneisi, ya puedes bajar!

# ¿POR QUÉ LOS PERROS LE LADRAN A LA LUNA?

*Cuando un solo perro ladra a una sombra,*
*diez mil perros hacen de ella una realidad.*
Proverbio chino

*Me gustan los yumas.*
Canción popular

Al principio fue el Yuma... Yo siempre estaba diciendo que quería irme, que no aguantaba más este sistema. No estoy seguro de que fuera la forma de defenderme y culpar a los otros de mis fracasos... ¿qué mejor que un sistema para limpiarnos la conciencia? Pero, también, tenía deseos de irme... muchos deseos... Estaba en casa de un socito ahí, hablando de lo mismo. "Ya no puedo vivir aquí, no soporto el sistema". Y el Yuma me mira y sin nadie habérmelo presentado, me pregunta cuál sistema es el que no soporto. ¿El solar? ¿El nervioso? ¿El circulatorio? "Si no es ninguno de esos, todo tiene arreglo...". Me sonreí... El Yuma hablaba en serio... El que llegue al límite con los anillos de Júpiter o las lunas de Saturno o los canales de Martes, con la sangre corriéndole por las venas a punto de coagularse...

Al Yuma le dicen el Yuma porque vivió en los Estados Unidos antes de que decidiera emigrar. Un día al muy cretino se le ocurrió regresar. "No me iba bien en Miami, antes aquello no era como ahora." "No quiero que me cojan sesenta años aquí limpiándome el culo con papel periódico". Ese, el del periódico, es un argumento en el que nunca me había detenido a pensar... En casa del socito, me dijo, y le pregunta si yo era el que estaba dispuesto a tirarme y el socito le dice que sí... que hablo mucho, pero no tengo miedo, y el Yuma me mide con la vista y el socito nos deja solos y me explica que esperaba unos papeles de los Estados Unidos que le permitieran regresar, y si no, tiene unos materiales y está preparando algo... "¿Estás dispuesto?". Me pregunta otra vez, y le digo que sí... que no aguanto más... "Te aviso en dos meses, si no me llegan los papeles de inmigración". Y cuando no hay nada más que decir, me pregunta si soy feliz... Tomo precauciones y le contesto que no, y él me dice que la felicidad no es poseer algo, sino desearlo, y nosotros tenemos un deseo... Deseos de una escapada absoluta... filósofo el Yuma... Me dice, solos él y yo, en casa del socito...

Los papeles del Yuma no llegan y una tarde se aparece en mi casa, hacía quince días que lo habían operado de la columna y ya podía caminar, y nos fuimos a ver los materiales que tenía..., y por poco le digo que no... "En esa mierda no llegamos a ninguna parte". Pero el Yuma está decidido y tiene su muela... Una hora me habla de la capacidad de navegación y resistencia de los materiales. "Los americanos todavía los usan... eso es mucho decir...". El Yuma habla y sé que no le gusta mi cara, hasta que me dice que no soy tan león como dice el socito y el Yuma me toca el pecho y siento que es una prueba, y lo miro de frente a partirle los ojos y lo emplazo "¿Qué cojones te pasa, Yuma?". Los ojos son cuchillos unos segundos... "Pa' lante con la balsa, asere...". Si hay dos cosas que no soporto es tomar orine y la otra que duden de mí... Y el Yuma se relaja y me tiende su mano y chocamos sin apartar los ojos... "En quince días, mi hermanito".

Y a los quince días llevamos el armatoste encima de una camioneta rumbo a la costa. Y para que el Yuma vea que no tengo nervios. le cuento que no me despedí ni de mi novia ni de la pura, solo llevo mi carné de identidad y veinte dólares para en caso de llegar. llamar a mis primos... A partir de ahora. estamos en manos del destino. Al Yuma le gusta mi actitud y me enseña las mochilas y los trajes para el viaje y la miel de abeja y los pomos de refresco y las herramientas y los panes con jamón y las pastillas y el agua... "¿Tienes miedo, asere?" Me pregunta. y en verdad. no tengo miedo ni siento nada, como si viviera en el cuerpo de otro y nada de esto tuviera que ver conmigo, no le digo nada al Yuma.

No digo nada... llegamos a la orilla donde hay un aeropuerto abandonado hace años y desplegamos el artefacto y nos cambiamos de ropa... Por encima de la balsa sobrevuela un helicóptero militar, da un amplio rodeo, levanta el polvo alrededor de nosotros, creemos que nos ha descubierto... Debe ser un chivatazo... No hay un segundo que perder... Me siento atrás y el Yuma echa a andar el motor y de pronto saltamos hacia delante y cierro los ojos, me concentro en una sola idea: la capacidad de resistencia de los materiales que el

Yuma ha usado para construir la embarcación... En el momento en que voy a preguntarme qué sistema es el que no soporto, salimos disparados hacia arriba a una velocidad que ni Matías Pérez... Adiós helicóptero... Escucho por debajo del sonido del motor el ruido del mar... y no pienso nada porque estamos ahí mismo, en la nada... Transcurren lentos varios minutos... Balseros en silencio... hasta que escuchamos un ruido ajeno al de la balsa que aumenta y aumenta y aumenta y sin apenas darnos cuenta, la Griffit guardafronteras nos da vueltas. Seguro le avisó el helicóptero... La onda golpea la balsa, nos alumbran con un reflector..., y cuando estamos a punto de irnos al carajo, nos gritan por un altavoz que no sigamos que es una locura... Balseros en silencio... ellos insisten, que somos unos ingratos y no se responsabilizan con lo que nos suceda de ahí en adelante, y el Yuma me dice que, aunque no les vea la cara, puede imaginarse que son palestinos que por estar en La Habana son capaces de hacer el trabajo que sea... "¿Palestinos de dónde?". Le pregunto... y él me dice que de dónde pinga van a ser, si todos los orientales también se han ido y nadie quiere ser policía, y Yasser Arafat los está exportando pa'cá... "O tal vez sean venezolanos, nadie sabe...", pienso. La nave sigue dándonos vueltas por un rato hasta que desisten... Que nos jodamos, en ese tareco no llegamos a ningún lado..., y desaparecen como mismo vinieron y quedamos a merced de la noche bajo el cielo cubierto de estrellas... No se escucha el ruido de la Grifitt... Comienza el viaje en medio de la oscuridad... ni el Yuma ni yo tenemos miedo...

Para orientarnos debemos estar más o menos encima del Malecón o Varadero, y cuando el Yuma va a buscar los aparatos de medición, nos damos cuenta de que con el helicóptero y el apuro hemos dejado las mochilas con todo y solo quedan algunos pomos de refresco... Pero el Yuma es un hombrecito y, en lugar de echármelo en cara, se pone a golpear duro sobre el asiento... trabajo me cuesta calmarlo... "Eso es, estamos encima del Malecón y pa'lante, asere". Y el Yuma coge aire profundo y, poco a poco, se va calmando... "Pa'lante, asere, a lo que venga..." y presiona la palanca y alcanzamos mayor velocidad...

Avanzamos unas nueve horas hasta que no se ve nada alrededor de la balsa... Me siento cansado, una sensación de desgracia se apodera de mí... No puedo pensar bien, en mi mente se suceden imágenes, veloces imágenes de fracaso... Le digo al Yuma que mejor regresamos... "Eso nunca". Seguimos adelante... y me dejo llevar... Navegamos en el espacio internacional, y todo se ennegrece todavía más, y el tiempo comienza a cambiar. La balsa es sacudida en todas direcciones y parece que, en cualquier momento, va a desintegrarse, y siento un miedo muy grande y me pongo a rezar... Soy cristiano evangélico... La ventaja de ser cristiano es que uno jamás está solo... Me alegro de ser cristiano evangélico... de ir a la iglesia tres veces a la semana a oír al pastor hablando del demonio que se extiende por encima de la Isla... un demonio ebrio y lujurioso, sediento de nuestros pecados... En ese momento escucho al Yuma orando a mi lado, y le pregunto si él también es cristiano, y me dice que sí, y le pregunto si cree en el creacionismo o en los cromañones, los dinosaurios, la escala evolutiva, la supervivencia y toda esa porquería... Para mí es importante saberlo para confiar en el Yuma. He escuchado de balseros que se han comido unos a otros... Rezamos tanto hasta que vemos a un carguero muy cerca de la balsa y empezamos enviarle señales, nos paramos, saltamos, y en un descuido, la escotilla se abre, y salen disparados los pomos de refresco, el agua, la miel... después flotamos sin gravedad alguna... Es la primera vez en mi vida que experimento la falta de gravedad, así que imagino que floto dentro del vientre de mi madre y que me gustaría quedarme ahí para siempre, el Yuma y yo metidos en cámara lenta en la barriga de la pura... El Yuma se caga en la madre de no sé quién... bracea hasta la escotilla y logra ponerla en su lugar y retorna la gravedad y chocamos uno contra otro... Caemos sobre nuestros asientos... el Yuma en lugar de golpear contra cualquier parte de la balsa se queda mirando al vacío o a la estela que deja el carguero a su paso... junto al cristal viajan los pomos de refresco y puedo leer: Cachito, Najita, Tropicola, lo mío primero... ¿Cómo sería hacer el amor con Adriana en la ingravidez? Me veo flotando junto a ella, tratamos de acoplarnos y siempre escapamos. Ella reiría... El arquero, la flecha y el blanco... fuera de toda lógica, de poco serviría la calidad de mi erección... ni los deseos de Adriana ni la humedad tan lejos de casa... templar a veces se convierte en una cosa muy grave... por eso Adriana me dice cada noche: "Síngame que nos hundimos". El Yuma calla y estabiliza la balsa, y trato de darle ánimos y le digo que se imagine la alegría de nuestros familiares cuando se enteren de que llegamos, vivos... El Yuma calla, está muy extraño, he oído decir que eso les pasa a muchos balseros que sufren la ingravidez y que la cosa puede parar en agresión o canibalismo... Ya puedo vernos trabajando en una mina de uranio del Mar de la Tranquilidad, le digo, ganando un pastón... gracias a la Ley de Ajuste no pueden pagarnos menos de seis la hora, por suerte no somos ni haitianos ni indios...

"¿Qué cojones sabemos de los Estados Unidos de ahora?". No entiendo qué le pasa al Yuma... el carguero ese o la falta de gravedad lo han puesto mal... Tengo hambre...

"¿Qué sabemos de los Estados Unidos?". Seguimos la ruta, mejor dicho seguimos adelante y el Yuma sigue muy raro y el temporal continúa... Pasan muchas horas y no hablamos... Debemos estar pensando en lo mismo, en comida... Y comienzo a hablar del tiempo para entretener el estómago, que antes de los Estados Unidos largarse para quitarse de arriba a los emigrantes, era peor, por lo menos aquí no hay tiburones y el sol no nos quema el pellejo y no vamos a morir ahogados... Bebemos del único pomo de refresco sobreviviente y el Yuma me dice que se siente mal... apenas se siente las piernas... Este tipo está recién operado de la columna... es una bola de cojones...

Llevamos tres días a la deriva y se nos acaba el refresco y empezamos a mear dentro del pomo... no sabemos cuánto tiempo estaremos perdidos a la deriva... hay dos cosas que no soporto una es que duden de mí, pero eso ahora no es útil... Me doy un trago que me llega al alma y le pregunto al Yuma si él nunca ha oído hablar de la orinoterapia, y empieza a murmurar cosas sin sentido, entre las que logro entender que tiene hambre... Sin alimentos, tomando orine, clavados en nuestros asientos con todo el cuerpo entumecido... En eso el Yuma me dice que saque el dinero y vaya a la cafetería flotante que tenemos al lado... Nunca me he visto en una situación así... No me asusto, más bien se me encogen los escrotos... De pronto siento un frío muy grande, y el Yuma cae en una especie de letargo...

Al otro día pasa otro carguero y no nos recoge... Entonces empezamos a ver naves con más frecuencia. Pasa un crucero y puedo ver gente bailando en los salones iluminados... "Esos bichos no están hechos pa' los cubanos", le digo y el Yuma me dice que en los Estados Unidos, todo el mundo tampoco puede montarse en un crucero, y no encuentro nada que decirle... la falta de gravedad ha causado estragos... Sé que tengo que enfilar el timón hacia donde salen las naves, pero no puedo. Me duermo... cuando abro los ojos estamos muy lejos de aquel lugar...

Me llaman, me están llamando... pienso que lo mejor es atar la balsa a unos árboles que tengo delante y regresar a mi casa en bicicleta... Ahora la que me llama es Adriana, sus manos se extienden hacia mí... sus ojos, los ojos de Adriana que me miran... alta, delgada, el pelo oscuro sobre los hombros... lleva la ropa que tenía el primer día en que nos acostamos, la ropa interior de Adriana, su olor... Ahora recuerdo que no tuvimos despedida y me doy cuenta de que hago esto también por ella... si llego, en un año estará conmigo... "Toma". Me dice Adriana, su voz es la más delicada que he escuchado en mi vida, una voz a punto de quebrarse y enmudecer para siempre... "Toma" y tiene en sus manos un algodón de azúcar y quiere llevármelo a los labios... pero ya nadie me llama y Adriana desaparece y son los gemidos del Yuma... Estoy delirando y trato de enderezar el timón...

De qué vale contar el tiempo... El frío es insoportable... Estiro la mano hasta el rostro del Yuma, le falta el aire, su cuerpo arde y tiembla, la fiebre debe ser muy alta, logro escurrirme hasta él y lo abrazo, meto mis manos por debajo de su traje para darle calor y sus dientes suenan como castañuelas... Permanecemos un rato abrazados, y noto que respira mejor y deja de temblar... En un chispazo el Yuma me dice que no puede creer que esté abrazado a un macho tan lejos de su casa y de los Estados Unidos... luego, me pide que si muere no lo tire de la balsa, porque dicen que a los balseros abandonados no les descansa el alma... Le digo que se esté tranquilo que vamos a llegar. Me río... yo no he abrazado ni a mi padre y ahora estoy dándole calor a un machito. Reímos con risas de náufragos... náufragos que miran a la Luna...

De qué vale contar el tiempo... nos damos cuenta de que el motor no funciona y no sabemos cuántas horas llevamos apagados a la deriva... Nos dormimos no sé qué tiempo... un ruido nos despierta y un remolcador nos pasa muy cerca y no nos recoge... Los labios del Yuma están agrietados, me las arreglo para que trague algunos buches de orine... El Yuma balbucea, debe creer que soy su mamá o algo así... sé que no puede resistir mucho más...

Pasan muchas horas hasta que, gracias a Dios, en medio del embotamiento y el delirio, nos encuentra una nave guardafronteras americana y nos absorbe, y desembarcamos en una pequeña rampa... Dentro de la nave, nos quitan los trajes, nos toman la presión, nos revisan todo el cuerpo, nos inyectan, nos bañan... Al Yuma, que tiene un paso en el más allá, lo envían hacia los Estados Unidos en una embarcación más rápida... les doy las gracias... Y en lo último en que pienso antes de desplomarme en una litera, es en Adriana, en que hago todo esto también por ella y no sé cuántas horas duermo..., y cuando despierto, me dan una bebida energética y me suben a un carguero que va recogiendo a los balseros que interceptan... Después, me montan en otro carguero... En esa nave hay unos treinta o cuarenta balseros que vienen de muchos lugares... Les cuento de la balsa en que me había tirado y no me lo creen... "¿Quién tú te pensabas que eras Yuri Gagarin?". "Los motores tienen que ser buenos, aunque tu balsa sea una camioneta". "Te puedo poner un contacto por si quieres tirarte de nuevo"... Tirarme de nuevo... otra vez como si viviera en un cuerpo que no me pertenece...

Aterrizamos muy despacio... En tierra nos espera un funcionario de los Estados Unidos... ¿Dónde estará el Yuma si escapó con vida? Seguro que sí, esta gente tiene una medicina empingá y no van a dejar que se vaya así como así... El funcionario dice que ese papel es un cuestionario a llenar por si nos molestan... Después nos entregan a las autoridades y nos montan en una guagua y nos llevan para La Habana... y los balseros del interior que nunca han visto la capital se dan codazos y abren sus bocas... Nos bajan en una estación y nos hacen un chequeo médico... nos vacunan...

Un teniente me dice que pase... niega con la cabeza... "Muchacho, un tipo tan joven, ustedes no escarmientan ni entienden..." "Y si te hubieses jodido como el que iba contigo." Me revuelvo en la butaca. "Sí, mi socio, el Yuma ese no va a hacer el cuento"... Se hace un silencio que molesta y no puedo mirarle a los ojos al teniente... Me pregunta por los materiales con que hicimos la balsa, y aparte de aclararle que no tuve que ver con la construcción de la balsa, le digo que los materiales eran rústicos... Oculto el dato de la fe del Yuma en los materiales usados por los americanos, por si en realidad no ha muerto... El teniente me emplaza y me pregunta por qué quería irme y qué sistema era ese que no me gustaba... ¿Acaso el solar o el circulatorio? El teniente debe hacer muy bien su trabajo, no porque sabe todo lo que he hablado con la gente, sino porque frente a él me siento culpable... Suena un teléfono, y se reporta diciendo "Ordene" y pide disculpas y sale... En su lugar, entra un recluta muy joven y se sienta en su silla y se pone a chiflar y aprieta alguna tecla invisible, enciende un radio, sintoniza muy alto Radio Reloj y me dice bajito que el Yuma está vivo que habló por el canal 23 y está en un hospital de Miami y que la enfermera que lo atiende se enamoró de él y se van a casar cuando salga del hospital... y que no me preocupe por el teniente que él no es mala gente... ah, y que el Yuma me manda saludos... susurra rápido, apaga el radio y vuelve a presionar la tecla, y el teniente lo releva... "Usted está limpio, ciudadano"... y antes de volver a llamar al recluta para que me acompañe, dice algo sobre la Ley de Ajuste... y el sabor del orine y como que sé que el Yuma se le escapó al diablo, asiento, sí, lo que usted diga...

Por primera vez reparo en la luz del sol muriendo detrás de los edificios y todo es tan no sé... que puedo tocarlo... y un chofer me dice que monte que en mi casa me están esperando...

Estoy de vuelta en casa, y a la entrada del barrio, unos niños corren junto al jeep y gritan mi nombre y sus rostros irradian alegría... Me bajo y veo a mi madre junto al presidente del CDR, que no me mira con odio ni nada, y a las mujeres de la Federación, a los viejitos del círculo de abuelos... al pastor de la iglesia, todos contentos y mi madre me abraza... Y es como si el teniente, o su sombra, también estuviera... El portal lleno de cadenetas de banderitas, música de la Charanga Habanera o Polo Montañés, no puedo distinguir... y respiro profundo y siento ese olor inconfundible a caldosa que invade la cuadra los días de fiesta... y del grupo aparece Adriana, alta, delgada, el pelo sobre los hombros, lleva la misma ropa que el primer día que nos acostamos, en su mano tiene un algodón de azúcar y se adelanta..., y yo miro a la luna y sé que allá está el Yuma, vivo y enamorado de una enfermera... allá, en algún chalet, porque si algo bueno tienen los americanos es gusto para construir con materiales a toda prueba...

¿En verdad hay algo de lo que deba sentirme culpable? En mi boca todavía puedo sentir el gusto del orine... Ahora sé porque los perros le ladran a la luna...

El Yuma y su enfermera en un palacio de la Luna...

# YUSNAVY, EL ECLIPSE DE UN ASTRO

Lo primero que la gente solía preguntarse de Yusnavy, el Naranjero, Martínez era el origen de su nombre. Largo tiempo Yusnavy guardó el secreto como corresponde a los arcanos familiares. Fue luego de una entrevista para la radio local, durante su primera y exitosa temporada, que el espigado lanzador me contó de tal origen a cambio de mi silencio. Yusnavy, para ser un pelotero, es decir, un hombre público, a veces se comportaba con una timidez inusual. Aún permanece en mi memoria el recuerdo de aquella tarde. El Naranjero ante los micrófonos, la escuela del pueblo reunida, sus pequeños fans en suspenso, carteles con el número treinta y uno clavados en los árboles. Había hablado el director, el bedel, la jefa de la Junta de Madres, el jardinero y cuando toca el turno a Yusnavy, se queda callado, los niños rechiflan, hacen molinetes con sus pañoletas rojas y azules y el serpentinero cuanto tiene que decir sea quizás la frase más enigmática, a mi juicio, dicha en la isla en todos los tiempos. Las palabras han sido atribuidas a otro ídolo del deporte setenta años atrás: "La técnica es la técnica... y sin técnica no hay técnica". No hubo quien lo sacara del tópico. Al final su público, que esperaba otra cosa, no tuvo opciones y marchó resignado, mejor verlo sobre el diamante. Yusnavy nunca me dijo de dónde había sacado la frase, ni qué significaba para él. El Naranjero de veras tenía el don de sorprenderme. Nada, me diría el origen del nombre, y yo punto en boca, aunque fuera periodista. Un día, y eso fue antes de la Segunda Guerra Cubano Americana, su abuela materna estaba sentada a orillas de la bahía de Guantánamo y vio entrar un gran buque repleto de cañones que decía en uno de sus costados: US NAVY. Y no era que no supiese leer en inglés, al contrario, a la vieja le gustó tanto el sonido de las dos palabras que, allí mismo, frente a las turbias aguas de la bahía, juró que haría lo que estuviera al alcance de sus manos para que alguno de sus nietos se llamara Yusnavy.

La historia del astro, poco a poco, mientras más triunfos se acumulaban en su carrera, fue convirtiéndose en mito. Y hoy, años después de su declive, no creo que muchos la recuerden. El olvido es la peor condena para un deportista y Yusnavy fue nuestro amigo, por lo menos, hasta el último día en que nos vimos… Ni los aficionados ni los fanáticos perdonan las faltas, hoy son capaces de despedazar al héroe de ayer por fallar a la hora en que se supone no deba. Nos toca a nosotros honrar su recuerdo para las generaciones presentes y futuras dando vida en estas columnas al hombre y deportista que fue.

La historia de Yusnavy comienza igual a la de tantos jóvenes orientales que se contrataban como esclavos para venir a trabajar al oeste. No debemos olvidar que decretar de nuevo la esclavitud había sido la única solución efectiva para darle un segundo aire a nuestra economía y, de paso, eliminar el exceso de emigración hacia la región occidental. Por suerte, a la esclavitud le siguió la política de exterminio preventivo y selecto, aún más eficaz contra el peligroso flagelo de la inmigración. Pues Yusnavy llega al agro del municipio enrolado en una cuadrilla de recogedores de naranjas. Durante tres años, trabaja en los campos de cítricos sin más jornal que las esquifaciones a principio del invierno y del verano y tres comidas al día. Es el momento en que el Cabilla García es promovido por la alcaldía a manager del equipo de béisbol municipal. Desde su primera aparición en el estadio, el Cabilla toma el pulso de la situación: el talón de Aquiles del conjunto es el pitcheo. Y sale el entrenador, convertido en *scout*, por cada rincón del terruño en una desesperada cacería de talentos. Una tarde, justo a la hora del almuerzo, llega a la Unidad Básica de Producción Cooperativa "Francisco de Arango y Parreño" y se dirige a los barracones en que viven los esclavos. El Cabilla se identifica y pregunta a los capataces si conocían a algún lanzador potencial entre las máquinas parlantes. (Respecto a este término debe aclararse que no era una simple coletilla burocrática extraída de los documentos de la época, todo lo contrario, en un siglo de veneración por la tecnología no había otro mejor y los mismos esclavos estaban orgullosos de serlo.) Los capataces se encogen de hombros, hasta que uno recuerda a un negrito flaco que en las tardes de toques de tambor prefiere ponerse a lanzar piedras que entrarle a las congas. El negrito flaco es traído del barracón, y se produce el encuentro que marca el primer peldaño hacia la gloria efímera de Yusnavy, el Naranjero, Martínez. El Cabilla siempre me ha dicho que desde que lo vio supo que delante tenía a un lanzador nato. Yusnavy, esclavo al fin, sintió pánico con la propuesta y negó tener experiencia y habilidades. Recuperar su libertad significaba echar por el caño tres largos años de sacrificios.

Solo la insistencia del manager y la vista de los látigos y la jauría hizo que confesara la verdad. Yusnavy admitió haber jugado béisbol en su Yateras natal durante su adolescencia. Entonces el Cabilla le propuso que lanzara unas cuantas naranjas. La comitiva salió a la plazoleta, y Yusnavy Martínez hizo varios ejercicios de calentamiento. Bastaron cinco naranjas. Los capataces le dijeron al manager que a ellos les daba lo mismo porque los esclavos no eran suyos, y todos los días no eran diez de octubre. La cosa llevaba sus trámites, aparte de lo que podía demorar. Yusnavy se alegró, pero el pobre ya estaba signado y bautizado con su nombre deportivo: El Naranjero.

También hay que recordar que aquellos tiempos no son como los que corren hoy día. Era la época en que la gente todavía creía en el humanismo y las utopías, y ¿qué más daba un esclavo más que un esclavo menos? Al gobierno local no le fue difícil crear una comisión para discutir el caso con los compañeros del Ministerio del Trabajo y la Empresa Nacional de Cítricos. Como se trataba de pelota, pasatiempo del que todos sabían y opinaban, la petición de libertad fue acogida con sensibilidad en cada uno de los niveles de gestión. En las noches del barracón, me contó algún tiempo después el mismo Yusnavy, el Naranjero rezaba y ponía velas ante el horror de volver a verse en libertad. Finalmente, la comisión y el ministerio llegaron a un acuerdo: debía producirse dentro de una semana un partido de exhibición. El Cabilla pidió que Yusnavy fuera trasladado cada tarde al estadio para los entrenamientos. Los capataces sabían de las negativas del esclavo y tuvieron que llevarlo encadenado por temor a que el negro se fugara de regreso al barracón.

Fue durante esas sesiones que el Cabilla y otros entendi-
dos pudieron aquilatar las habilidades y el talento de Yusnavy. Era cierto que tenía, y siempre lo conservó, un wind up
más que aparatoso y que la rodilla rozaba y sobrepasaba la
gorra, y la bola, en lugar de salir disparada con una velocidad aterradora, iba siempre hacia las esquinas o pegada al
bateador. El Naranjero no sería un pitcher veloz, pero sabía
lanzar moviendo la pelota, dejándola caer casi frente a sus
rivales, además de dominar un variado repertorio. Y gracias
a su wind up, Yusnavy contaba con un arma poderosísima,
que ya se vería desde ese mismo partido de exhibición: el
lanzamiento en cambio. "Me preparo para un lanzamiento
que a los contrarios les parece que les va a quemar el bate
y, cuando tiro, es una chiringuita que no llega nunca". Son
palabras textuales de Yusnavy en su primera entrevista para
la radio. Entonces, es que sucede un episodio que, hasta este
momento, solo conocemos el Cabilla, Yusnavy y quien es-
cribe. El día antes del partido Yusnavy se declara en huelga.
El Cabilla viene a buscarme y vamos a ver al negro a su barracón. Afuera custodiaban el lugar dos guardias con viejas
y amenazadoras kalashnikov. En más de una ocasión, había
tratado de escapar y retornar al trabajo. Entramos y lo vemos
atado al cepo de pies y manos. Sin esperar a que la máquina
parlante dijera algo, le explico su situación apenas sin exagerar. La negativa de libertad podía implicar pena de muerte
por linchamiento y le extiendo una foto de archivo en la que
se ve a unos tipos linchando a otro bajo un árbol. El Naranjero toma la foto como puede, la examina y sonríe. Luego,
le informo: desde que mantenemos relaciones amistosas y
de respeto con los Estados Unidos, la isla tiene firmado un

protocolo de cooperación con una organización civil llamada Ku Klux Klan, que se dedica a solucionar, a petición, conflictos en cuanto al derecho de libertad de los esclavos de ambos países, sean negros o no. Hay quienes piensan erróneamente que los deportistas, negros en su mayoría, que se dedican a ejercitar los músculos más que el cerebro, no son capaces de darse cuenta de qué resulta mejor para ellos. Emocionado ante el influjo de la imagen y noticias desconocidas para él, Yusnavy estuvo de acuerdo. El propio Cabilla retiró los candados, y entre los dos, lo ayudamos a incorporarse.

Por fin llegó el domingo. El rival de Los Guerreros de Guayabal era un equipo de esclavos, también reclutados en las provincias orientales que pasaban curso en la Academia de Policía. Yusnavy entró de relevo en el tercer inning, cuando Los Guerreros perdían por la mínima. Logra colgar tres escones consecutivos, y los locales empatan en el sexto. En el séptimo, el llamado inning de la suerte, fabrican tres anotaciones y toman la delantera. Yusnavy hace gala de un gran control y sus lanzamientos de rompimientos y bolas en cambio de velocidad, strikes tras strikes, causan estragos. No se equivocaba el Cabilla con sus predicciones. Final del partido, Guerreros cinco, Policías una. Tanto su entrenador como yo estamos de acuerdo en que el juego de exhibición tuvo algún hechizo sobre Yusnavy, y el hombre que gusta del éxito se impuso por encima del esclavo. Yusnavy paladeó el triunfo. Los funcionarios que supervisaban el evento dieron su visto bueno, y el Naranjero firmó los documentos del ministerio y la empresa citrícola. Era un hombre libre que, aunque tímido, gustaba de ser el mejor igual que el resto de los mortales. Los que estaban presentes habían asistido al nacimiento de una estrella.

Todo es vanidad.

Esa temporada inaugural Yusnavy se convirtió en el caballo de batalla de los Guerreros y en la tabla, al final del campeonato, eran superados solo por Maniceros de Quivicán, Biajacas del Ariguanabo, Batidos de Artemisa y Colorados de Melena. Quinto puesto de veinte posibles. Escalar del último al quinto era un logro del béisbol del municipio gracias a la entrega de hombres como el Cabilla y Yusnavy. Los guarismos de esa campaña reflejan la actuación del astro. Nueve juegos ganados y tres perdidos, cincuenta y un ponches con quince bases por bolas y un promedio de carreras limpias de dos y fracción, además de los contrarios batearle para un escuálido average de doscientos veinte. El próximo año el Cabilla fue vuelto a contratar, y para esa fecha, Yusnavy era todo un consagrado en el box. Para el final de dicha serie, fue que Yusnavy nos diera la entrevista mencionada.

El segundo año de Yusnavy con los Guerreros puede considerarse el inicio de su gran ascenso a planos estelares. El Cabilla logró redondear un *staff* de lanzadores bastante aceptable. A Yusnavy se le unieron lanzadores fichados en otras aldeas que cumplieron con la rotación del pitcheo. A eso debe adicionársele, la labor con el madero de sluggins de la talla de Rafael, el Yuca, Pérez, Tino Zulueta y Denis, el Mulo, Méndez que se desempeñaron a su antojo ante los pitchers contrarios. El resultado no se hizo esperar, y los Guerreros se llevaron el primer lugar en un cerrado play off ante Colorados de Melena. A este campeonato, le siguió un segundo. Yusnavy, cada vez que nos veíamos después de los partidos, me decía lo mismo, claro, con otras palabras: jamás permitiría que lo lincharan ni caería en las manos de los luchadores por los derechos civiles del Klan ni mucho menos probaría un cepo de nuevo. El Cabilla me aseguró que tenía pegada en su taquilla la foto del linchamiento. Yusnavy disfrutaba dar autógrafos, y a la vez, el color de su piel le permitía ocultar su timidez. Era difícil que el Naranjero enrojeciera.

Es por esa época que suceden dos hechos que marcan el comienzo del declive del meteoro del box. El primero es su inclusión en el equipo provincial que nos representaba en la Liga Nacional. Yusnavy clasificó como el tercer abridor de las Vacas de La Habana. En el primer desafío del campeonato, ante Milicianos de Girón, Yusnavy es sacado para preservar una victoria por la diferencia de siete carreras. Ni el Cabilla ni yo nos despegábamos del radio. El repertorio del Naranjero era bateado con escandalosa libertad por los toleteros milicianos. Creo que si el manager de las Vacas no lo quitó era porque no disponía en ese momento de otro lanzador. De todas maneras, nuestro héroe se las arregló para llevarse la victoria con el increíble marcador de veinte carreras por diecisiete. Las otras quince veces que salió al montículo fue extraído en medio de gritos de ofensa y abucheos. Demasiado triste su paso por la Liga Nacional para aferrarnos a más detalles. No obstante, no queremos dejar de mencionar el día en que las Vacas se presentaron en la provincia natal de Yusnavy, y el manager lo señaló como abridor. Lo hacemos por el rigor de atenernos a los hechos y para que los lectores entiendan el entusiasmo que encendía nuestro antiguo pasatiempo nacional. El wind up aparatoso fue objeto de burla por parte de sus coterráneos y los bárbaros empezaron a lanzar toda suerte de objetos al campo de juego. La policía tuvo que intervenir con perros y pistolas lanza gases. Nadie es profeta en su tierra, ni en el béisbol. El suceso, aunque aislado, revela la pasión que existía por este deporte antes de que los equipos comenzaran a contratar mongoles y alienígenas, pero ese es tema para otro artículo. Hay los que dicen que el muchacho aún no estaba hecho para aquella lid, otros decían que simplemente una cosa era con guitarra y otra con violín, algunos que le habían cambiado su forma de pitcheo. Los menos que de un esclavo no podía esperarse nada bueno, al final se le salía la veta de recogedor de naranjas. Esa era la opinión de xenófobos y gente de mala leche, de los que se reventaban por ver convertido en héroe a un negro oriental, o sea un palestino. Cuando decimos palestinos no nos referimos a los actuales habitantes de la Antártida. Por esos días aún faltaba para la aplicación de la política de exterminios preventivos y era común que se les llamara palestinos a estos inmigrantes, en comparación con un pueblo cuyo martirio y constante desalojo eran el principal entretenimiento de los israelíes. Para Yusnavy, el fracaso estaba en jugar en un equipo que se llamara Vacas de La Habana. "Nunca, me decía, un equipo que se llame Vacas de La Habana ganará ningún campeonato, vivir para verlo, asere". Debo admitir que Yusnavy tuvo razón, todavía la tiene. Esta temporada, por ejemplo, a pesar de estar reforzado con cinco mongoles, dos mutantes y un hombrecito verde, excelentes peloteros, marchan en la décima plaza de catorce.

Por fin acabó la liga, y terminó el suplicio para Yusnavy. De regreso al campeonato que lo había visto crecerse hasta planos de ídolo, el Naranjero campeaba mano en cintura frente a sus viejos contrincantes. Mitad del campeonato y es que sobreviene el segundo hecho, el que realmente indica el inicio del lento, pero irreversible, descenso del astro. Yo estaba presente y qué iba a sospechar que Yusnavy firmaba esa noche una sentencia que lo iría anulando con los meses, hasta convertirlo en lo que terminó siendo... Es cierto que Yusnavy fue un esclavo, pero también hay que entender a los seres humanos... y a los animales. Yusnavy llevaba mucho tiempo solo. No niego que las autoridades de vez en cuando le proveían de mujeres, compañeras pertenecientes a alguna organización de masa, de las que el lanzador abominaba. Además, el muchacho, que tenía una educación básicamente protestante, sentía fobia de las putas que, por otra parte, estaban al borde de la extinción. En el tiempo en que Yusnavy era lanzador de los Guerreros de Guayabal, se comenzaron a exportar putas masivamente para casi todos los lugres del mundo. Cada saco de azúcar iba convoyado de una amatriz, combinación perfecta de nuestras dos industrias tradicionales. Yusnavy estaba solo, hombre sin mujer, y conoce a Cuky la peluquera en la fiesta que le daban al equipo por vencer a las Biajacas del Ariguanabo, *team* que siempre se le hacía difícil al meteoro. Nadie sabe qué hacía Cuky en la fiesta, el caso fue que terminó en nuestra mesa, justo al lado de Yusnavy. No hubiera pasado del encuentro fortuito, si Yusnavy no hubiera perdido la medida.

Al principio no se notaba, pero, poco a poco, el lanzador iba perdiendo el temple. Ya los lanzamientos no le rompían como debían, las rectas se le quedaban muy altas o al medio, los cambios no sorprendían a ningún bateador... Yusnavy había dejado su habitación en la casa de visitas del gobierno y ahora vivía con Cuky. Sin embargo, su aspecto por esos días era el de un hombre feliz. El lanzador era uno en el terreno y otro fuera del diamante. Su felicidad marchaba en sentido contrario a sus resultados, y lo peor era que no parecía importarle demasiado. Una noche Yusnavy me llamó por teléfono para preguntarme si la orfandad incluía solo a la madre o al padre o a ambos. "Qué tonterías son esas, tú lanzas mañana Yusnavy, qué coño te pasa". Y ahí me soltó el rollo completo. El Naranjero me contó una historia de una vieja telenovela que estaba viendo y que trataba de un huérfano ciego que solo al final encuentra la dicha junto a una anciana de la cual se enamora. La historia era buena y triste, téngase en cuenta que la gente volvía sobre los sentimientos y el goce de padecer con las desgracias ajenas estaba de moda. Las olvidadas telenovelas eran rescatadas y consumidas a domicilio con una voracidad inusitada. Una amplia red de vendedores ilegales se enriquecía comerciando con los sentimientos del prójimo. Yusnavy casi me hace llorar al teléfono, me puse duro y le rogué que hiciera lo mismo, pues los Batidos de Artemisa ese año iban en serio. Antes de despedirse me preguntó si yo conocía una telenovela que se llamaba *El derecho de nacer*. Cuando colgó, ambos sabíamos qué sucedería al día siguiente.

Sobre la grama, el serpentinero no pasó de cuatro innings.

En dos meses bajó de abridor a relevista y de relevista ocasional a banco perpetuo, ese jugador de uniforme limpio que los mánager evaden mirarle a los ojos en las horas difíciles. Las veces que salía la rechifla era tan intensa como la lluvia de batazos. No obstante, Yusnavy me llamaba cada noche, lo mismo para comentarme detalles de algún drama que para indagar sobre palabras que desconocía su significado. En una ocasión me invitó a ver con ellos varios capítulos de *Amor con amor se paga*, una joyita lacrimógena fuera de ranqin, y como eran los tiempos que nos tocaba vivir, lloramos los tres a moco tendido. Al día siguiente, tocó el turno a *Gotita de gente*, admito que hacíamos un buen trío de llorones, Cuky se ahogaba en chillidos que eran respondidos por graves ráfagas brotadas de las gargantas y narices mías y de Yusnavy. ¡Qué bueno se lloraba delante de una mujer, no importaba a quien perteneciera! Pero el placer del sufrimiento no era su misión en la tierra. Yusnavy intentó hacer lo mismo con sus coequiperos. Excepto con el Yuca, no tuvo éxito con ningún otro. El Yuca fue suspendido por tiempo indefinido por el Comisionado Provincial de Béisbol al encontrársele un ejemplar manoseado de *Estefanía, la mujer desdichada*, novela de Marcial Guerra, propiedad de Cuky. El Yuca rendía un campeonato como nunca, pero el guajiro era hombre de una sola pieza y no dijo esta boca es mía. Una palabra del toletero y Yusnavy se largaría con él, y Cuky hubiera sido procesada por incitación culposa y crímenes contra el deporte como derecho inalienable de los ciudadanos. Yusnavy salvó el pellejo, por el momento.

Cuando las desgracias están por venir, es obvio que lleguen así, de pronto, sin avisar. Guerreros de Guayabal contra Empercudidos de Alquízar. Clásico final de partido: noveno inning, y los Guerreros vencen por la mínima (1x0), bases llenas, turno al cuarto bate, el Bazooka González salta del box, nadie calienta en el bull pen y el Cabilla se para frente a sus hombres y los mira de frente, incluyendo a Yusnavy. ¿Quién pide la pelota? Los lanzadores tragan en seco, se esconden uno tras otros. Y el exesclavo, que flojo y apaleado, era todo menos cobarde, da un paso al frente. Todavía me erizo. El Naranjero hace los cinco lanzamientos de calentamiento, da unos saltitos sobre el polvo, se ajusta la gorra, ejecuta el wind up y

le marca con una recta por el mismo centro del home al bateador. Primer strike. Resopla, coge aire y ahora es un cambio
que demora una eternidad en llegar a la mascota del catcher.
Segundo strike. Lo que sigue nunca debería contarse. Yusnavy mira al público por unos segundos, se estremece, caen sus
hombros, saca un pañuelo, se lo pasa por los ojos, se sacude la
nariz, vuelve a mirar para el público y se sumerge en una especie de muda catarsis... el catcher le pide que tire de una vez...
y lanza hacia el home exacto a que si lo hiciera mi hijo de siete
años y el bateador descarga la masa del bate sobre la misma
madre de la bola y esta se eleva, se eleva, se eleva... el público
se pone de pie, nadie respira, y la bola que se va elevando, se
va elevando hasta que desparece bajo el cielo del estadio y más
allá... ¡Adiós, Lolita de mi vida! Todavía me erizo, mis res-
puestas no coinciden con los estímulos... Miré a mi alrededor
y supe qué le había sucedido a mi pitcher, sí, porque lo era y
mucho que le gritábamos: ¡Mi pitcher, mi pitcher! A tres metros de mí había un niño sentado junto a su padre, no un niño
cualquiera, un idiota rematado que miraba al terreno babeán-
dose, a quién se le ocurriría llevar a un partido a semejante
criatura, partía, pero partía el alma, la viva reencarnación de
Stan Kozlowsky, el pequeño mártir de *Aneurisma fatal*... y en
el estado de reblandecimiento severo que sufría el meteoro,
creo que no estaba en condiciones de rebasar semejante y aje-
na desgracia... y el astro entró en catarsis...

Jamás volvió a saberse de Yusnavy Martínez, el Naranjero,
que llevó dos veces a los Guerreros a lo más alto del podio
beisbolero provincial. He oído decir que se marchó con Cuky
a Yateras o Puriales de Caujerí, los dos culos del mundo, que
se contrató de nuevo como esclavo, y que su caso fue pasado

al Klan cuando volvió a rechazar otra propuesta de libertad…
No sé, pero Yusnavy fue grande, corajudo y de sentimientos
a morirse… yo les digo que honrar honra, pero el béisbol es
exigente, demasiado a veces.

# QUÉ BIEN SE CAMINA

Camilo Ortiz, coordinador provincial de los CDR frenó su bicicleta frente al número 500 de la calle Esperanza.

Era la tercera y última casa que visitaba en el día.

A pesar del calor y del larguísimo viaje de un extremo a otro de la ciudad, el nombre de la calle, la coincidencia entre el número de la vivienda y el contenido de su misión le parecieron de muy buen augurio.

Camilo estaba allí justo en calidad de responsable de la organización de los festejos por el 500 aniversario de los CDR. Cada año eran elegidos dos o más barrios para televisar el cumpleaños de la institución. Organizar una fiesta de esa magnitud requería la concreción de muchísimos detalles. Sin embargo, había uno sumamente delicado del que el coordinador prefería ocuparse en persona y no delegar en ningún subordinado.

Por eso Camilo, todavía sudoroso y sin bajarse de la bicicleta, se encontraba delante de la casa seleccionada.

La número 500 de la calle Esperanza era una de las pocas casas pintadas del vecindario. Desde afuera, bastaba la vista y el cuidado del jardín para percibir que se trataba de una familia con recursos. Algo que también consolidaba la sensación de buen augurio. A los que le iba bien casi nunca se negaban a dar, de manera voluntaria, el máximo aporte al festejo por temor a comprometer la vía de sus entradas. Eso en el supuesto caso de que no se tratara de una familia sensible o comprometida y hubiese que apelar a las vías establecidas por la ley.

El coordinador ató la bicicleta a la baranda y tocó el timbre.

Un hombre maduro de rostro arrugado y sufrido, al que le faltaba una pierna, le abrió la puerta en muletas.

Camilo se presentó y preguntó si en casa se encontraba el compañero...

El mutilado logró disimular la sorpresa y el temor con una sonrisa.

"Luis Griñán, soy yo...", dijo con la mueca aún congelada en su rostro.

El impacto de su aparición en el hombre le hizo pensar al funcionario que no solo se trataba de un buen auspicio, sino que, además, estaba bien encaminado.

Camilo miró los muebles, las amplias ventanas enrejadas, las macetas de la sala, el televisor de pantalla plana y estuvo convencido de que Luis Griñán disfrutaba de ingresos muy por encima de la media de la población. Entradas que no eran precisamente las primas recibidas por su condición de pensionado. Algo que convertía al impedido en una pieza vulnerable a la índole de su misión.

Sin que fuera invitado, Camilo se adentró en la sala y se sentó en una de las cómodas butacas. El funcionario relajó su cuerpo. Una ambivalente sensación de envidia y bienestar lo embargó. Eso, más su habilidad para fingir empatía, lo hacían lograr de manera sádica y velada lo que le diese la gana de quien fuera. Esa era la parte que más disfrutaba de su trabajo, la que se traducía en resultados concretos.

"Usted debe estar incómodo", le dijo al inválido. "Mejor se sienta, esto es una visita corta..., seguro debe estar muy ocupado".

Luis obedeció.

Camilo, arrellenado en la butaca, recordó el dolor en el fondillo provocado por el asiento de la bicicleta.

El propietario se sentó en el sofá frente a él, y Camilo pudo verle el muñón. Por el color de la piel, y la cicatriz rotunda, se notaba que la falta de una pierna no debía ser la peor desgracia en la vida del hombre.

"¿Cómo va la cosa en la asociación de impedidos y minusválidos?", se aventuró a preguntar.

Una pregunta así era una forma soslayada de preparar la psiquis de la persona requerida.

Luis se aclaró la garganta.

"Bien..., el domingo vamos a una práctica de tiro", explicó, y no pudo evitar el embarazo delante del coordinador.

"Muy bien, ya lo dijo quien lo dijo: todo el mundo debe saber tirar y tirar bien".

Luis asintió.

Camilo vio los retratos encima de la mesa junto a su butaca. No importaba la manera en que estaban colocados. A través de ellos podía seguir el crecimiento de una mujer joven desde su niñez hasta la fecha. Fotos de la escuela primaria. Con amigos. Con Luis y quien debía ser su madre. En la playa. De bailarina. Junto a un marciano, los rostros acaramelados, muy cerca...

La mente de Camilo trabajaba rápido. Luis Griñán tenía una hija que era bailarina, dueña de unas piernas fenomenales y tenía un novio de Marte, de ahí, se cortaba los huevos, el nivel de vida de la familia.

"Lindas fotos...".

Luis volvió a asentir.

La vista de las espléndidas piernas hizo que Camilo se lanzara por un nuevo atajo.

"Qué le parece el lío en que anda metido el corredor sudafricano, ese que le faltan las piernas, por haber matado a su novia a hachazos", dijo.

"Disparos, no hachazos", rectificó Luis para sus adentros y jugueteó en silencio con una de sus muletas.

El simple acto del hombre no pasó inadvertido para Camilo. El funcionario pudo admirar la calidad de las muletas. Se trataba de algo especial y no de los toscos productos hechos en los talleres Cuba-RDA asignados a los impedidos físicos.

"Tremendo hijo de puta el tipo, disculpe la palabra", amonestó el coordinador.

"Es un gran deportista, pero en esos países solo importan la propaganda y el dinero", reconoció Luis.

Dinero...

Las palabras del mutilado fueron interpretadas exactamente en su sentido inverso por el coordinador. A su modo de ver, quedaba clarísimo que, entre Luis y el deportista descuartizador, las similitudes iban más allá de la discapacidad.

Ninguno de los dos habló.

Si algo no le gustaba a Camilo, eran los silencios incómodos mientras hacía su trabajo.

"¿Su hija, verdad?", señaló hacia la fotografía en que la muchacha bailaba en un escenario con la intención de sugerir el motivo de su visita.

"Sí, primera bailarina del conjunto folklórico...".

"Qué chévere, una artista en la familia", sonrió Camilo. "Sin embargo, siempre lo he dicho, para bailar no solo hacen falta las piernas".

Camilo rio con lo que consideró un buen chiste.

Luis no pudo evitar toser.

"¡Vieja, trae una taza de café para el compañero!", gritó a su esposa.

Camilo sonrió otra vez. Reparó en un viejo retrato de un hombre en uniforme gris que tenía un farol en la mano.

"Ese es el tátara-tátara de mi mujer, el hombre estuvo en la campaña de alfabetización aquella que sale en los libros de historia y en los periódicos", explicó Luis.

En el momento en que el visitante iba a hablar. apareció la esposa de Luis en una silla de ruedas eléctrica.

Si las muletas habían llamado su atención, aún no había visto nada.

Camilo no solo quedó maravillado con la belleza y la funcionalidad del pequeño vehículo, sino con la destreza con que la mujer lo conducía. Además, tenía otra prueba del nivel de vida que poseía la familia, gracias sin dudas al novio foráneo.

Debajo de la parrilla, donde estaba el servicio del café, colgaban sus dos muñones.

Una familia de solo tres piernas, si contaba las de la bailarina...

El cómputo inquietó un poco al coordinador.

El funcionario y Luis bebieron café y, luego, agua fría.

Camilo encendió un cigarrillo, dio una calada profunda y fue directo al motivo de su visita.

"Compañeros, el próximo veintiocho de septiembre se conmemora el quinientos aniversario de la fundación de los CDR", dijo y miró sonriente al matrimonio.

La expresión de la pareja era indefinida. Lo que significaba que habían aprendido a ocultar el miedo.

Eso facilitaba las cosas.

"Nada como un aniversario redondo, ¿sí o no?", dijo.

Luis y su esposa lo admitieron: nada como un aniversario redondo.

Tenía el discurso agarrado por los cuernos y al matrimonio acorralado. No solo la condición que manaba del poder lo permitía, también el funcionario era bueno en su trabajo.

"Un aniversario redondo y ¿qué significaría entonces una caldosa sin carne?", preguntó.

El matrimonio se sintió al borde de un abismo...

Solo faltaba un empujoncito del coordinador.

"Imposible, mire a mi esposa", se adelantó Luis con la voz casi en un hilo. "Una pierna se la llevaron hace siete años para celebrar un veintiséis de julio y la otra hace tres cuando hicieron la fiesta aquella por el regreso de los espías".

El coordinador contrariado no pudo evitar saltar en la butaca:

"Espías no, hé-roes", protestó. "A ver, repitan conmigo".

"¡Hé-roes! ¡Hé-roes!", repitieron todos.

El coordinador estuvo satisfecho.

"¿Y usted?, preguntó Camilo, e hizo un gesto de optimismo. "Aún tiene mucha vida por delante. Se imagina usted y su esposa sentados cerca de la caldera donde los vecinos preparan la caldosa, la juventud bailando, su hija y el marciano tirando un pasillito, y los periodistas le hacen una entrevista y todos los ojos del país puestos en la familia Griñán...".

En medio de lo mejor de su discurso, la emoción le cortó el habla. El ardid jugaba con las emociones de los seleccionados y pocas veces fallaba. Pero, esta vez, su arenga no había tenido el mismo impacto en la pareja.

Luis tomó aire.

"Imposible, los amputados por diabetes están exentos de..., usted lo sabe..., además, tengo un certificado...", dijo con timidez.

Un silencio pesado presagió lo inevitable.

El visitante y el matrimonio miraron la foto de la hija bailarina.

"¿Cómo podemos localizar a su hija?", preguntó Camilo con voz áspera.

"¡Nooo, Yanelkis no, por favor!", colapsó la mujer.

La situación podría parecerle trágica a quien no estuviera acostumbrado. No obstante, el coordinador lo estaba. Ese tipo de comportamiento histérico, protagonizado sobre todo por las madres, era algo que se endorsaba al aspecto teatral y retórico de su trabajo en relación con la disponibilidad de los seleccionados.

"Compañero, por favor...", suplicó Luis. "La chiquita es buena, Alicia Alonso en persona la vio bailar y le regaló una reservación para un fin de semana en una base de campismo. Aparte, ha salido del país una pila de veces y nunca ha traicionado ni ha dicho nada malo...".

Camilo movió su cabeza molesto. Por un instante sintió que la sensación de buen augurio lo abandonaba.

"Les voy a explicar algo", dijo en un intento de imponer la calma y, a través de un tono de confesión, apelar a la comprensión del matrimonio en lugar de hacerles sentir que se trataba de un abuso de poder y el peso de las obligaciones. "Si piensan que me gusta este trabajo están equivocados. No me gusta estar expuesto al egoísmo y la insensibilidad de la gente. Pero el hecho de que vivamos en medio de una situación de desabastecimiento cíclico, no significa que tengamos que renunciar a la alegría y las tradiciones".

La mujer sollozó.

Su marido le apretó las manos.

"No, mi Yanelkita, no...", berreó la mujer sin levantar la voz.

"Díganme dónde podemos localizarla", insistió Camilo.

Fue entonces que Luis decidió jugársela a una sola carta.

"Mire ella está muy ilusionada con su viaje a Marte..., su novio es de allá...", dijo Luis.

Camilo cruzó las piernas, disfrutó el pequeño placer y se alegró de poseer un puesto de trabajo en el que su integridad física no corría peligro.

La mujer cruzó sus dedos, de las manos, por supuesto.

Luis tomó aire.

"Le doy doscientos cuc si usted se busca otra familia, y nos la deja pasar..."

Camilo enderezó su cuello, descruzó sus piernas, las volvió a cruzar. No se había equivocado, la familia tenía plata. De pronto, la sombra de sus carencias se abalanzó sobre él hasta casi apretarle la garganta.

"Compañeros, estamos en una situación delicada...", luego aclaró su voz lo mejor que pudo.

La mujer sollozó otra vez.

"Vamos a enfocarlo de otra manera", propuso Camilo. "Si su hija es tan buena bailarina como usted dice, entonces le estaríamos haciendo un favor a la cultura del país...".

La minusválida se sacudió la nariz:

"Ay, mijito...", balbuceó.

"Quinientos", dijo Camilo a secas.

La mujer abrió los ojos, miró a su marido.

Luis se rascó la cabeza pensativo.

"Está bien..., quinientos cuc", aceptó Luis. y le hizo un gesto a su esposa.

Una vez más Camilo admiró la habilidad de la minusválida para conducir la silla de ruedas de motor. Seguro debía tener una chapa por algún lado que dijera: Made in Mars.

Los hombres quedaron solos.

"No crea que no entiendo que pasen este tipo de cosas, yo tengo una sobrina de la edad de su hija", mintió el coordinador y reparó de nuevo en el retrato del alfabetizador. "Qué clase de farol, ya ni los chinos hacen faroles así...".

Luis estuvo de acuerdo.

Apareció la mujer.

Luis contó el dinero. Se lo entregó al coordinador.

El visitante manoseó los billetes, cerró el sobre y lo guardó en el bolsillo de su pantalón.

"Quinientos aniversario de los CDR, casa número quinientos de la calle Esperanza...", sonrió.

Regresó el silencio.

Sin dudas los deseos del matrimonio eran que el coordinador acabara de desaparecer y no volverlo a ver jamás.

Para desgracia de la pareja, en lugar de irse, el funcionario comenzó a llenar unos formularios con toda su calma.

Estampó su firma en uno de ellos y se dirigió a la pareja de inválidos.

"Antes de irme necesito que me digan si tienen alguna idea de qué otra casa tenga disponibilidad", solicitó con un tono amistoso que encubría su apelación a la razón de ser de la organización que pronto cumpliría quinientos años de permanencia.

Luis y su esposa se miraron.

"En la última casa de la esquina, en el piso de arriba, viven unas gentes que son gusanos, mire a ver si ellos le sirven", dijo la mujer.

"Seguro que sirven, la candela lo mata todo, empezando por la gusanera", bromeó Camilo, y el matrimonio rio de mala gana.

Camilo pidió usar el teléfono.

Marcó varios números.

Dio y recibió órdenes.

Colgó, y por último, lo llamaron a él.

"Sí, ordene".

Del otro lado le hablaron.

"Una dama de blanco y su marido...", repitió.

El coordinador sacó un bolígrafo, anotó un nombre en la palma de su mano.

"Sí, positivo...".

Escribió un número sobre el mismo soporte.

"OK. Positivo".

Puso el teléfono en su lugar. Señaló la foto de Yanelkis con su novio.

"Díganle a su hija que tenga cuidado con los marcianos", aconsejó con sinceridad. "Yo tengo un colega que trabajó allá en el consulado, y dice que una cosa es cuando vienen aquí a despelotarse y otra es allá. Gente más fría hay que mandarlas a hacer y, para colmo, nunca dicen de frente lo que quieren de uno ni pueden improvisar nada, por eso hay tantos suicidios allá".

Luis y su mujer sonrieron. Lo tendrían en cuenta.

Por último, el coordinador tomó el retrato de Yanelkis.

"A partir de ahora le voy a cazar la pelea al folklórico", dijo familiar. "Nos vemos en la fiesta el día veintiocho".

Luis entrecerró la puerta y vio al coordinador marcharse en la bicicleta.

Su hija había escapado, por esta vez, pensó Camilo.

La casa donde vivía la dama de blanco era el reverso de la moneda. Paredes sin pintar. Consignas revolucionarias.

El coordinador no tuvo que tocar la aldaba.

La puerta se abrió.

"¿Usted es Camilo, verdad?, preguntó un hombre flaco de espejuelos.

El funcionario lo miró sorprendido, y una ola del sentimiento que más temía lo embargó rotunda: la incertidumbre.

La incertidumbre jamás le traía nada bueno.

El hombre lo invitó a pasar y desapareció por un oscuro pasillo.

La sala de la casa también era el opuesto de la de Luis Griñán.

Muebles desvencijados. Un antiguo televisor ruso. Las paredes reventadas de humedad...

Y sobre aquellos muebles arruinados había dos hombres sentados. Por sus rostros recién afeitados, la ropa, los portafolios y los zapatos que usaban reconoció que eran agentes de la Seguridad del Estado.

Dos agentes de los que trabajaban a nivel de medio a alto.

La dama de blanco no estaba por ningún lado.

Uno de los agentes que estaba sentado le indicó una butaca de madera desfondada. Camilo obedeció y supo una vez más que sus sentimientos hacia la incertidumbre nunca eran infundados. Su cuerpo se conmocionó con la señal de peligro.

Un gran peligro...

Camilo tragó saliva.

De la incertidumbre al mal presentimiento y al peligro real solo mediaba un...

"Usted acaba de recibir quinientos cuc", dijo el agente que lo había invitado a sentarse.

"Se le da una tarea y usted pone en riesgo su cumplimiento incurriendo en un acto de corrupción", explicó el segundo agente.

El gobierno llevaba a cabo una lucha feroz contra la corrupción a todos los niveles. El coordinador había caído en una trampa.

¡Qué buenos actores eran Luis Griñán y su maldita inválida!

¿Cómo habían podido timarlo a él que si algo le sobraba era experiencia en el trabajo con la población?

"No lo hice por dinero...", balbuceó, "fue para salvar la cultura...".

"Y el revolucionario que lleva adentro enseguida fue por la pierna de la dama de blanco", dijo con tono burlón el primer agente.

Camilo se echó hacia atrás y su culo resbaló hacia el hueco de la butaca. Su cuerpo entero tuvo la terrible sensación de que perdían toda la confianza depositada en él durante tantos años. Su carrera hacía aguas. Sin haber estado jamás, quiso estar en Marte.

"La candela lo mata todo, hasta la gusanera", eran sus propias palabras en boca del segundo agente.

"En estos casos usted sabe cuál es el procedimiento, o desea que se lo refresque", le preguntó el primer agente.

Por un acto de corrupción de esa índole se iba a cárcel, y la familia del funcionario acusado se hacía responsable de proveer los insumos para los festejos.

El culo de Camilo casi tocaba el suelo.

Los agentes se pusieron de pie.

"Entregue el dinero", ordenó el segundo agente.

Mientras era esposado y montado en un Lada blanco sin chapa, Camilo vio la imagen de su esposa entrando en muletas por la puerta de la prisión y, luego, sintió un profundo olor a caldosa. El mismo que indicaba que, a pesar de la pobreza y las limitaciones, el pueblo no renunciaba a la alegría.